U0729983

只为遇见

梁翰晴 / 著

九州出版社
JIUZHOUPRESS

图书在版编目（CIP）数据

只为遇见 / 梁翰晴著 . -- 北京 ：九州出版社，
2018.2（2024.1重印）

ISBN 978-7-5108-6634-0

Ⅰ．①只… Ⅱ．①梁… Ⅲ．①文学评论－世界－文集
Ⅳ．①I106-53

中国版本图书馆 CIP 数据核字（2018）第 030603 号

只为遇见

作　　者	梁翰晴　著	
出版发行	九州出版社	
地　　址	北京市西城区阜外大街甲 35 号（100037）	
发行电话	（010）68992190/3/5/6	
网　　址	www.jiuzhoupress.com	
电子信箱	jiuzhou@jiuzhoupress.com	
印　　刷	成都市兴雅致印务有限责任公司	
开　　本	880 毫米 ×1230 毫米　32 开	
印　　张	9	
字　　数	159 千字	
版　　次	2018 年 2 月第 1 版	
印　　次	2024 年 1 月第 3 次印刷	
书　　号	ISBN 978-7-5108-6634-0	
定　　价	39.80 元	

目录

诗意的
远方之城

——读铁凝《哦，香雪》

品读铁凝女士的《哦，香雪》，我仿佛置身于北国那个群山环抱的小山村。

抬头眺望，目光穿过色调单一的群山，在遥远的北方，一座朦胧的城市时隐时现……

《哦，香雪》是铁凝的代表作，于1982年获得全国优秀短篇小说奖及首届"青年文学"创作奖。小说的情节简单却富有诗意——如同香雪这个名字一样，洁净而又芬芳。《哦，香雪》以闭塞的小山村台儿沟为背景，通过对香雪、凤娇等一群乡村少女的描摹，叙写了每天只停留一分钟的火车给宁静山村生活激起的波澜。整篇小说没有激烈的矛盾冲突，没有宏大的场景描写，有的只是娟秀的文字，像春蚕吐丝一般，一圈一圈结成纯美洁白的茧子。

　　孙犁先生称赞这部小说"从头到尾都是诗"，这评论一语中的。诗意总是美的。

　　少女情怀就是诗。香雪与她的伙伴们美得质朴，美得娇憨。当火车开进台儿沟，姑娘们"刚把晚饭端上桌就慌了神，她们心不在焉地胡乱吃几口，扔下碗就开始梳妆打扮"。在她们心中，火车该是多么新奇、伟大的事物！为了迎接火车，质朴的姑娘们总会细心打扮一番，她们会"悄悄往脸上涂点胭脂"。"悄悄"，已然将山村姑娘的质朴完美勾勒。她们的日常只有劳作，涂胭脂是那样的小心翼翼，像是怕被周围人发觉……

　　姑娘们的美，也美在特有的天真。她们会凑上前去问来自北京的列车乘务员"你们老呆在车上不头晕？""房顶子上那个大刀片似的，那是干什么用的？"这些颇幼稚的问题，在衬托台儿沟闭塞落后的同时，也映照着她们的天真。现代化器械，在她们看来是奇特且不可理解的。这群没有被现代文明洗礼的姑娘，保留了大山深处最原始的纯美与洁净。

　　香雪作为这个群体中的一员，和伙伴们一样带着大山深处特有的洁净，却更胜一筹。在与火车里的乘客做买卖时，"她是那么信任地瞧着你，那洁如水晶的眼睛告诉你，站在车窗下的这个女孩子还不知道什么叫受骗""你望着她那洁净得仿佛一分钟前才诞生的面孔，望着她那柔软得宛若红缎子似的嘴唇，心中会升起一种美好的感情。你不忍心跟这样的小姑娘耍滑头"。与她的伙伴们不同，这是一个连讲价都没有学会的姑娘，是一个对任何人都抱以极度信任的姑娘，她的心中只有美好。

香雪的美，还来自她的娇怯——这是她的伙伴们所不具备的。最妙的莫过于对香雪动作的描写。在凤娇因伙伴的调笑而不开心，把香雪的手松开时，香雪"又悄悄把手送到凤娇手心里，她示意凤娇握住她的手，仿佛请求凤娇的宽恕，仿佛是她使凤娇受了委屈"。这是多么娇怯、善良的姑娘！她的心里不存在所谓的不愉快，她甚至不很理解伙伴们对凤娇的调笑，但是她愿意小心翼翼地用自己独有的方式请求凤娇的"原谅"。当娇怯与善良相交织在一起，女性的柔婉与敏感就被无限放大了，香雪的眼光仿佛可以触探到人的内心深处。

香雪是有渴望的，她渴望知识，渴望美好的生活，这也是那个闭塞的小村——台儿沟的渴望。

香雪性格的形成，与"小得可怜"的台儿沟是分不开的。香雪，更像是台儿沟的一种人格化，她代表的就是台儿沟，就是一种闭塞而可怜、可爱的文明，也是一种迫切渴望被新文明同化的旧文明。

只为遇见
ZHI WEI YU JIAN

　　在20世纪80年代，改革之潮涌起，一切都充满希望，香雪与台儿沟的渴望是充满生气的，读者对香雪的追求充满信心，对那闭塞的小村同样饱含深情。这是一个时代的需求，这是一篇切合社会现实的小说。

　　但是，时过境迁，当我们以现在的眼光再去品读，却发现人们美好的希冀是一座远方之城，通向这座城的道路上布满了艰辛与磨难。

　　远方之城难以触摸，但是它会给你一条似是而非的路径，让你始终抱有希望，去追寻，去奋进。由于很难抵达，被感染的旁观者就产生了一种独有的情绪：饱含憧憬和向往中的淡淡的忧伤。

　　我为什么会产生远方之城的想法呢？或许，是因为香雪纯美得让人生疼，是因为香雪生活环境的闭塞落后，是因为香雪在火车前的恐惧无措，是因为香雪在学校的孤立无援，是因为香雪追求梦想的艰难步履……还有，香雪那倔强的自尊。

　　台儿沟旧文明对新文明的向往，香雪对未来的憧憬，都停留在愿景阶段，香雪对未来虽然有信心，却也只有"考大学"这一座"独木桥"。火车停留的一分钟，没有任何人为了台儿沟下车，台儿沟依旧处在闭塞中。年轻的姑娘们因为这一分钟而改变了自己的生活方式，为这一分钟而甘愿等上一整天，她们会用山里的鸡蛋与核桃"冒着回家挨骂的风险"换回一些新奇玩意儿。她们的头上逐渐出现了玻璃胶的发卡，出现了橡皮筋……表面上看，姑娘们确是接受了外界文明的熏染，但是这毕竟不是内在，她们只是呼吸到了来自大山以外的新的空气罢了。

文章中没有一处提及台儿沟青壮年男人们有乘上火车去往外面世界的举动，他们依旧待在深山冷盆里，继续着自己的生活方式。香雪的父亲仍是"盼望每天都有人家娶媳妇、聘闺女"，因为"那时他才有干不完的活儿"。

火车在台儿沟停留的一分钟，的确可以给平静的山村生活激起波澜，却很难真正改变什么。

世代局限在台儿沟的人们，想要转变生活观念谈何容易。反倒是年轻的姑娘们，容易被那来自外界的新鲜事物打动，但也仅仅是好奇、羡慕，产生不了赶往外地的打算。像凤娇虽然对那年轻的乘务员有些许若有若无的情愫，但是"有没有相好都不关凤娇的事——她又没想过跟他走。可她愿意对他好"。

因此，当我再回想起香雪的憧憬时，就如同以局外人的目光眺望远方之城，感受到一股无言的凄婉与无奈。她是那样饱含希望——克服了难言的恐惧，第一次离开台儿沟，只为那一个铅笔盒。而她渴望铅笔盒的原因，除了同学们"不太友好的盘问"之外，更有一种执着的信念："这是一个宝盒子，谁用上它，就能一切顺心如意，就能上大学、坐上火车到处跑，就能要什么有什么，就再也不会被人盘问她们每天吃几顿饭了。"憧憬是美好的，可当意识到香雪追寻的是远方之城后，她越是努力，就越让人觉得生疼。

今天，我们或许比20世纪80年代的人们有了更高的期望：香雪会成功。她会如愿考上北京的大学，会回到台儿沟，会引导台儿沟走向新的文明……的确，城堡即便在远方，人却能踩在眼前的路上。

作者的笔调洋溢着希望，香雪的心中也充满希望，连整个台儿沟，都充溢在希望里。香雪不去在乎结局，因为她没有想过失败之后会如何。

也正是因为希望，我们才可以从文字中读到那浓浓的诗意，因为希望，铁凝的笔调不再平和，而是带上了浓浓的感情色彩。情到浓处即是诗，浓情，才更易入诗境。香雪追寻的远方之城，就这样被笼罩在了诗意里。无论成败，追梦的旅途还是在诗境中走过，漫步其中，一切都值得。

因此，人的心中，应该有一座远方之城，而且是一座诗意的远方之城，尽管缥缈，尽管难以实现，但却能让你看清脚下的路。踏着诗意之路去寻找远方之城吧。

远方之城，是心之所安的地方。

简洁淡远
笔墨天成

——孙犁散文《亡人逸事》赏析

JIAN JIE DAN YUAN
BI MO TIAN CHENG

《亡人逸事》是著名作家孙犁晚年时期为回忆亡妻而写的散文名篇。老作家用精确而纯熟的笔触描人绘事，将几件生活中的琐事连缀成文。整篇散文如同一幅空灵的淡墨山水，以省减和留白为主要技巧，极少修辞，无一字赘余，达到了"低音淡色"却在只言片语中蕴含真情的审美效果，感人至深。

孙犁好书画，尤其是在晚年，更是到达了痴迷的程度。他十分推崇石涛的山水，在《石涛山水册页》一文中写道："其画法，简洁而淡远，笔墨纯熟如天成。开卷其作风自现，无第二人可比。"文画相通，石涛的画风影响到了孙犁的文风，使得他晚年的文章也具有"简洁淡远，笔墨天成"之韵味。

简洁，主要指用语简练，文字明白如话，表现在写作技法上，就是省减，达到了"删繁就简三秋树"的高度。淡，主要是指修辞较少，以白描为主，工于客观描绘。远，指辞约义丰，用有限的文字表达丰富的内蕴，表现到境界上，就是余味悠长。至于笔墨天成，则是"简洁淡远"造成的效果，即全文一气呵成，没有矫作的情感与华丽的修饰。

《亡人逸事》选取的生活片段是较为琐碎的，取材微小，这正与简洁淡远的风格相适应。作家通过一些日常的小事，表现出亡妻的个性和精神风貌，同时也表现了冀中平原的"地气"，展现了一幅颇具时代特色的生活图景。

1

语言描写：省减

《亡人逸事》中有多处写了人物语言，这些语言描写都极为精炼，几乎到了不可减一字的地步。孙犁写的毕竟是散文，和小说中的人物对话是有区别的，本文的人物语言体现了散文语言的高度凝练。

第一部分，亡妻的父亲和两个媒人之间的对话非常简练。先是亡妻的父亲开门见山，"给谁家说亲去来"一句，融进了一点方言的味道，显得亲切平和，散文也就有了冀中的乡土气息。接下来的一问一答，用语完全就是家常话，并且只摘录一些重要内容，能省则省，如"男方是怎么个人家"等内容就直接一笔带过。聊了几句之后，媒人接过话茬，反问"二姑娘"愿不愿意寻配偶。对方爽快同意。

整个对话高度减缩，正面写出来的只有七个话轮，如果把媒人对男方的简单介绍算进去，恰好构成了四个话对，但表达的意思却非常清晰连贯，显示了作家深厚的语言功底。

当时的雨中谈话，孙犁自己并不在场，转述者也不可能将对话内容原原本本讲给他听。他完全是根据自己的推测，联系人物的身份、讲话风格等因素，构想出的对话内容，这有点接近小说对话的设计思路了。因为一般的散文，在这种地方往往会以叙述者的口吻大致交待或者转述，不会给亡妻的父亲、媒人直接"说话"的机会。

孙犁的这种安排，给人一种看故事的感觉。但这种对话又是凝练的、高度概括的，不像一般小说的对话那样铺排，散文特点很明显。孙犁用最简洁的文字，给人造成了双重审美效果：从文字上看，是一种散文的凝练美；从对话设计上看，又有小说的情节感、画面感。

第三部分，亡妻和她父亲的一问一答，也有辞约义丰的特色。先是寥寥数笔就勾勒出一位勤劳朴实的农村妇女形象——"我"的母亲：

> 母亲……尤其好打早起，麦秋两季，听见鸡叫，就叫起她来做饭……

通过母亲引出下文，构成因果联系，正因为母亲的行为让作为小闺女的妻子不习惯，所以她"颇以为苦"，表现在行为上，就是她回到娘家向父亲"哭诉"。

那么，母亲究竟是不是"恶婆婆"形象呢？显然不是。在对话中，妻子父亲的一句话点出了问题关键所在——是只让你吃苦，还是一起吃苦？既然是一起吃苦，并且婆婆"以身作则"，那就不是嫁过去受了委屈的问题，而是没有适应孙家的生活方式，是自身的问题。

父亲疼不疼女儿？答案是显而易见的，因为第三部分的一开头就写道："她在娘家，因为是小闺女，娇惯一些，从小只会做些针线活；没有下场下地劳动过。"但是，女儿在婆家生活得如此艰辛，做父亲的不是为她抱不平，而是劝她习惯生活，这既体现了父亲明白事理，又蕴含着深沉的父爱。

在生活艰辛的年代，连吃饱饭都捉襟见肘的时期，过度的勤劳总归是没有错的。所以父亲不可能怪罪"铁人"一般的婆婆，而是劝女儿学会吃苦，这是时代价值观的体现。

另有一点值得注意：这种私房话，一般而言是不可能让孙犁听到的，妻子的娘家人也不会向他提起。但很显然，孙犁是知晓整个事件的，他是从哪里得知的呢？只能是从妻子那里。

妻子在娘家时的哭诉，其实就是抱怨，抱怨婆家生活艰苦。但妻子却把这事坦诚告诉了丈夫。这不但是对丈夫的信任，更是在向他表明决心，即自己以后会改掉娇惯的毛病。妻子的真挚之情溢于言表。

所以，简简单单的几句对话，内蕴是丰富的。小至妻子的坦诚、她父亲的识大体；大至时代的隐痛，都得到了体现。和文章开头的对话一样，这里的对话也采用了小说对话的设计思路，模拟了一个情境，以第一人称的口吻写了妻子和她父亲对话的要点，删去了所有对话的枝蔓。如妻子具体怎么哭诉，父亲开导之后她的回复等统统省略，但是我们却能大体猜想到省减部分的内容，不会有摸不着头脑的感觉。

除了对话之外，亡妻的一些话语也很有意思，如第一部分的

只为遇见
ZHI WEI YU JIAN

结尾：

　　她点头笑着说："真不假，什么事都是天定的。假如不是下雨，我就到不了你家里来！"

　　还有如第二部分的结尾：

　　她礼教观念很重。结婚已经多年，有一次我路过她家，想叫她跟我一同回家去。她严肃地说："你明天叫车来接我吧，我不能这样跟着你走。"

　　细细体会，这两句话分别表现了妻子的两个特点，第一处表现了妻子的迷信，第二处则表现了她的封建。但是，在作家的笔下，我们却看不出任何的贬低。迷信也好封建也罢，这是时代的局限，而忠于实录的孙犁毫不避讳地写下这些小事，不但让亡妻的形象更加具体可感，也更见真情。从结构上看，每一个部分都以妻子的话语作结，也使得文章脉络更为清晰。

　　所以，《亡人逸事》中对人物语言的描写是高度省减的，这是作为一篇地地道道的散文的客观要求。虽然部分对话在设计上略有小说的味道，即使是第一人称对话，也都保持了散文语言的凝练性和准确性。孙犁赋予了这些话语远超字面意义的深刻内涵，简洁的笔墨却能给人悠远的联想。

己

心理描写：留白

按理，回忆相濡以沫的亡妻，情感应该是激烈喷薄的，相应的，写作心理也应当起伏剧烈。但是本文的心理描写，却省减到了极致。直接的心理描写只有第四部分的一处：

> 过去，青春两地，一别数年，求一梦而不可得。今老年孤处，四壁生寒，却几乎每晚梦见她。

在这一句话中，"青春两地"和"老年孤处"形成了双重对比，一方面是时间上的"青春"和"老年"，另一方面是"两人"（分居两地）和"孤处"的对比，这两重对比相结合，难免有一种造化弄人的味道，"却几乎每晚梦见她"当是孙犁对自身的心理描写，传达的是一种很单纯的情愫——思念。

但作家却并不把"思念"直接点出，而是以"按照迷信的说法，这可能是地下相会之期，已经不远了”来解释原因。这不但没有减弱思念的强度，更为其添加了一种看淡生死的豁达。我们可以感觉到，作家是渴望有这么一个地下世界，让他与亡妻相会的。因为"老年孤处"的原因，余生似乎了然无味，若是能够与妻子再会，何尝不是一种慰藉？但是这顶多停留在潜意识层面，只能作为作家内心深处的超越理性的愿望。因为作家明确点出，这是一种"迷信的说法"，在他的笔下，"地下相会"或许只是一种死亡的隐晦说法而已，理性在写作中仍然占据主导。但是，透过理性的外衣，我们可以体会到文字背后蕴含的潜在的心愿，这是文人真性情的流露。全文正面、直接的心理描写只有这一处，但只此一句，境界全出，作家功力的深厚，可见一斑。

第四部分主要写妻子去世后的人事，交代了作此文的原因，在最后又转为回忆亡妻，体现了作家对文章结构的把握能力。其间，还有一处较为隐晦的心理描写，往往被人忽略："就是这样的文字，我也写不下去了"。这一句，与老舍《想北平》中的结尾"好，不再说了吧；要落泪了"有异曲同工之妙，它的形式虽然隐晦，但情感却绝不隐晦——这是情至浓而无法抑制时的处理手段，相比起来，上文那处带有双重对比的正面心理描写，反而因为"按照迷信的说法……"一句而压抑了情感宣泄力度。这样一来，正面的心理描写情感反而受压抑，有效防止了情绪过度激荡而冲击散文的淡远意境；隐晦的心理描写情感反而至浓，不至于显得淡漠。两者结合，可以恰到好处地得见真情。另外，这一句话紧接在正面心理描写之后，在情绪波动上也有先抑后扬的作用。

前三节是写妻子在世时的生活。在这三节中，没有一处正面描写妻子的心理，都是以神态、语言、动作等诸多细节加以侧面呈现，而有关作家自身的心理，更是连哪怕侧面都没有点到。这是一种留白，也是本篇散文的一大特色。举凡散文，都以抒发自身的真情实感为主，是一种有"我"的文体。孙犁在文中写的自然是真人真事，更是饱含深情，但他却跳出了一般作者那样以自身情感为主线的方式，而是把一个个细节（包括对话、动作等）独立出来，构成一个个小情境，跳出了散文叙述中常用的由"我"向他人讲述事情的套路，在主观情感上进行了大胆的留白。在他的散文中，故事也不再是叙述者的附属，不再只是为了表达叙述者感情的手段，作家想将读者的眼光引到对故事本身的重视上，更加重视情节性。用他自己的话来说，是"叫故事本身来表现自己"。

本文中的人物，无论是妻子还是媒婆，妻子的父亲还是"我"的母亲，都是描摹其神形，不对他们进行任何主观品评，但是我们却可以体味到，每一个人物都是美好的，可以在他们的言行中读到冀中平原朴实的民风，读到那个年代人与人之间的真情，而叙述者的主观评价，则大可以进行留白处理。这就是"叫人物自己来表现自己"。

　　正因为孙犁是通过故事来表现自己，通过人物来表现自己，弱化了叙述者主观情绪的作用，所以无论是故事还是人物，都必须客观生动，细节的选择上既要能体现人物的特点，又要在平淡之中蕴含真趣，让人有在看故事的体验。因此，孙犁的散文就具有了小说的审美意味。

　　留白作为重要手段，不但让散文更客观，更具有理趣，也斩除了文章的枝丫和败叶，赋予了文章简洁有力的特色，更让人遐想无穷。

只为遇见

——史铁生《我与地坛》
里的生命求索历程

《我与地坛》是一篇凝聚了史铁生十五年沉思感悟的抒情性哲理散文，也是他对自己心路历程的梳理与重现。文章阐述了遭遇身心重创的"我"在"地坛"不断思考感悟人生的故事。核心主题是探究生命的意义，或者说是作者重现了自己生命求索的历程。

《我与地坛》无论是从文学性还是哲思性上看，都是当之无愧的精品。韩少功说："《我与地坛》这篇文章的发表，对当年（1991 年）的文坛来说，即使没有其他的作品，那一年的文坛也是一个丰年。"

我们知道，散文是难以高产的，尤其是《我与地坛》这样融生活经验与生命感悟为一炉的精品，更是需要时间的沉淀。史铁生在十五年里，不断进行着生命意义的求索，其认知从"小我"至"大我"，从有界到无疆，是一个不断深化的过程。可以说，没有这种求索，就没有散文的哲理性光辉。史铁生的生命求索大致可以分为四个阶段，以下将逐一梳理。

1

生死问题的解答

史铁生在"最狂妄的年龄"忽地残废了双腿，严重影响了生活。他物质上"找不到工作"，心灵上"找不到去路"，在"忽然间什么都找不到"、看不到希望的境况下，一个人能想到的往往就是逃避，就是死亡。于是，生与死的问题就需要史铁生去着重思考了。相对来说，这是一个"小我"的问题，即作者本人的生死。

在这个问题被铺开之前，地坛已经出现在读者的眼中了。

散文开篇干脆利落地切入，接着，作者讲述了自己与地坛的缘分。是一种怎样的情感，能让人说出"仿佛这古园就是为了等我，而历尽沧桑在那儿等待了四百多年"这样的话？只能是一种人和园子相互的熨帖。

史铁生在一个午后摇着轮椅进入地坛，感觉到地坛为自己把一切都准备好了，那种沉淀了四百年的宁静与荒芜，那种沧桑但并不衰败的气象，正符合年轻的史铁生的心态；而对于地坛这个"很少被人记起"的荒园来说，史铁生或许是几百年来真正懂它的人。于是，一种宿命的意味就在人与园子间蔓延。这种宿命感其实是产生于作者内心，因为园子是不可能有情感的，但是从文章的字里行间，经常能读到一种园子在等待史铁生的感觉，这是因为移情的运用。

移情是指把人的主观感情移到外物中去，使得外物生命化，具有人的感情。地坛是重要的人文景观，但是史铁生在《我与地坛》中却只字不提它的历史文化意义——哪怕连一个简介都没有。他对地坛的描述一开始就是与自身有关的，是带有一定的主观意味的。史铁生自身与地坛有了宿命感，于是将这种情感也外射到地坛中去，造成了相互等待的审美效果——他将地坛看成一个饱经风霜的老人，敞开胸膛去接纳他这个失魂落魄的生命个体。

但是，史铁生的移情又跳出了西方美学"移情说"的窠臼，他并不夸大移情的作用，没有把美的根源和本质归结为人的移情，否定美的客观存在。相反的，他以一种欣赏的眼光去看地坛中的一草一木。第一部分的第五小节，史铁生引用了大段自己小说中的句子，这都是对园子中一草一木乃至小动物进行细致入微地观察之后，得出来的真实记录，这些句子优美而富有生气。可以肯定，哪怕是身处困顿，史铁生依然看到了大自然的美。

花费了那么大篇幅写地坛，为了什么呢？其实就是为下文生与死的思考作铺垫。只有在这样宁静的环境中，在最贴近大自然的时候，作者才能"一连几小时专心致志地想关于死的事，也以同样的耐心和方式想过我为什么要出生"。生与死的问题终于被摆上了台面。

在前几段，尽管我们可以看到史铁生是"失魂落魄"的，是"找不到去路"的，但看不出他有轻生的念头，直到此处，这个问题才被坦荡地放在了阳光下。

庆幸的是，他想通了"死是一件不必急于求成的事"，因为它总是会降临的，既然如此，不如试着活下去。那么，史铁生是怎么思考的？他采用了省略的方式，一句"这样想了好几年"，轻飘飘地带过了。殊不知，在这几年中，他是带着生与死的困惑，在地坛徘徊求索，没有人可以为他解答，只能寄希望于自己。这种压抑足以令人发疯，但他终是成功了，并且将自己的生命求索坦然地告诉了读者。史铁生足可以称得上勇士。

所以，本文以《我与地坛》为题，首先是因为地坛之于作者的重要作用。这是一个适于沉思的环境。对史铁生来说，地坛是一个能让他产生熟悉感、归属感的地方。地坛不但为他提供了身体的去处，也是他的精神家园。只有在地坛中，史铁生才可以"逃避一个世界"到"另一个世界"，才可以相对自由地进行关于生死的求索。

2

生命关联的形成

作者在文章的第一部分，将自己对生与死的考量以及结果详细写出，这是他生命求索的第一个阶段。在这个阶段，他考虑的是生死的问题，这虽然是一个全人类的问题，但他更多的是以自身为参照来进行讲述，比如"这样想过之后我安心多了"。为什么安心？因为他本来是在生死间徘徊的，通过一定时间的求索，他从这个问题上超越了出来。所以本质上看，他探究的第一个阶段是围绕着自身展开的，是一个"小我"的问题。

第二阶段的探索从本文的第二部分开始，这部分是现当代散文中描写母爱的精品。史铁生用平静不造作的语言，选取了几件日常生活中的小事，写出母爱的无私与伟大。从史铁生的心路历程来看，这是他对生命求索的第二阶段，他以一种推己及人的姿态去感受母亲的付出，他对生命的探讨已经有了超越"小我"的苗头，而他探讨的对象——母亲，本就是与作者血脉相连的，因此，生命求索也以这样一种方式形成了关联。

　　所谓的关联，就是将他者的生命体验融入到自己的生命中。史铁生在第二阶段已经清晰地看到了母亲的付出和母亲的痛苦，他自己也为母亲的离去而抱憾终身——关联总是双方的。

　　在这个阶段，史铁生将求索的客体延伸到了母亲身上，并且积极地探寻母亲的心理活动。个体的生命总是有限的，因此，想要在有限的生命中获得更丰富的生命体验，就必须要进行更深层次的求索。求索方法之一就是通过对他者的生命情感进行深入地观察分析，以"补全"自己的生命。《我与地坛》在生命解读过程中，作者先是将自己的生命融入到母亲的生命中，设身处地地思量母亲生前的心理状态。母亲与孩子的生命本就存在着紧密联系，因此史铁生认为，母亲蒙受苦难的根源是因为自己的苦难。自己失去双腿这一现实，母亲也是受害者。其实，这种苦难的产生原因是，母亲自始至终都将儿子生命融入到自己生命的过程中，她在主动地承担苦难。即使母亲想要将失魂落魄的儿子留在身边呵护，不想让他"在那园子里出了什么事"，但儿子还是选择去往地坛。于是，母亲选择了顺从，将自己的忧心与劝阻化为了"一个母亲最低限度的祈求"，这种祈求无疑是孤独的。而在那个时候，她的孩子却沉浸在自己的苦难中，对母亲的牺牲一无所知，从这个角度上说，母亲的苦难又是加倍的。

随着年龄的增长，史铁生终于明白了这种生命关联，在第二部分的开头他就说："现在我才想到，当年我总是独自跑到地坛去，曾经给母亲出了一个怎样的难题"。在第三小节，他也对自己去了地坛后母亲的状态进行了深入的联想，表明他真正理解了母亲，懂得了母亲。

但是，生命的关联不止于此——在史铁生了解母亲之后，愧疚是不可避免的，而他自己便也陷入了新一重的生命关联，即将死去的母亲的生命融入到自己的生命历程中。母亲的苦难与伟大在他心里渗透得更为深彻，母亲毫不张扬的爱也受到了独特的回应。

史铁生的这种生命联系，并没有将情绪导入阴郁。他虽然一开始曾"对世界对上帝充满了仇恨和厌恶"，但又从中走了出来，为自己寻找到了宣泄情绪之道，于是他说，"上帝的考虑，也许是对的"。

㊂

生命无常的超脱

文章的第四、第五部分，着重写了常来地坛的人，一对来散步的夫妻、热爱唱歌的小伙子、饮酒的老头、捕鸟的汉子、优雅朴素的女工程师、命途多舛的长跑家，还有漂亮而不幸的小姑娘。这是史铁生生命求索的第三个阶段，他由母子生命联系又往前进了一大步，开始关注更多与他无关的生命个体。

在地坛的十五年，史铁生遇见了太多人，但最终写入文章的却只有这几个。为什么？因为这几个人的生命具有代表性。有幸运的人生，如老夫妇、歌者等；也有较为不顺的，如长跑家、弱智少女等。史铁生并没有像一位哲学家一样探讨人生，也没有着重分析这些生命个体的起起落落，没有去埋怨气运的不可捉摸，而是始终以一种平淡的口吻，一种旁观者的视角去讲述来到地坛的人们，偶尔也有对命运无常的感慨，但也仅仅是感慨而已。要知道，史铁生自己无疑是属于悲惨命运中的一例，但我们却看不出他的气馁与绝望，相反的，他用一种不悲不喜的平和心态，去记录每一个生命。

在这种平和的心态下，地坛人们的生活开始为史铁生所注意，并最终成为他的关照对象。虽然他可以捕捉到的，仅是这些人在地坛中的短暂的生活片段，但这些片段已足以反映一个生命的沉浮。老夫妇是幸运的，十五年不离不弃的相守，始终在地坛散步，女人始终"攀"或"搀"着男人。他们之间形成了一种生命关联，这种关联与史铁生及其母亲类似，只是维系的情感大有不同，所以生命关联带给史铁生的是愧疚，而对于那对夫妻来说，恰是幸福。

再如认真练歌的小伙子，虽然史铁生不清楚他练歌的目的，但从他对唱歌的热情中，作者感受到了他对生命认真的态度。他在练歌时"谨慎地整理歌喉"，这正是那种态度的外化。这位小伙子的人生因这种生活态度而闪光，史铁生也对他给予了真挚的祝福。

长跑家盼望以他的长跑成绩来获得"政治上真正的解放"，但无论他得到怎样的名次，都无法将照片挂到新闻橱窗上，他因此几乎绝望；而那个小女孩虽有漂亮的容貌，却是先天的智力障碍者，她连努力的机会都不会有。

生命的求索在这里仍然没有停滞，史铁生在这个阶段，已然拥有了丰富的人生阅历和生命感触，所以他可以平淡地看待命运。这里面包含着一种个人对人生境遇无法把握的深深的无奈，也包含着一种看破世情的睿智。于是，这个阶段的求索就有了答案。史铁生说："看来差别是永远要有的。看来只好接受苦难——人类的全部剧目需要它，存在的本身需要它。"

生命注定还是自己的，每一个人都必须承受自己的苦难，因为人生注定是不圆满的。即便是那些看起来比较幸运的人生，也难以逃避苦难。就如那一对夫妇，不也"有那么一段时间"，只有男子独自来散步吗？那个爱唱歌的青年，在与作者打了一次招呼之后就再也没有来过，史铁生希望他"交了好运气"，但事实是什么，又有谁能知道呢？人总有独属于自己的苦难，区别在于苦难的大小，但生命历程就是如此，上帝给你安排的道路是独有的，你只能选择一直到终点，停止探寻的结果不外乎死亡。因此，"就命运而言，休论公道"。人应该具有的，是一种从苦难中超脱出来的勇气，一种勇于承受苦难、勇于面对一切的精气神。这就是史铁生在生命求索的第三阶段得出的答案。

4

生命永恒的领悟

在文章的第六、七部分，史铁生终于进入了对生命永恒的探索，也进入到了生命求索的第四阶段。这里依然涉及生死问题，但这里的生死已经和第一阶段区别开来了。第一阶段的生死问题，主要是从生存到生活的内省，但此处却是上升到了全人类的高度，是一种生死的思辨。与这种思辨相交织的，是如何活着的问题。

在这里，"写作"被放在了一个至关重要的位置，史铁生说自己"是中了魔了"，"走到哪儿想到哪儿，在人山人海里只寻找小说"。在不断地获得一些成绩之后，作者反而恐慌了，他害怕自己思维枯竭，再也写不出什么来。他不断地说，不定哪天就"完蛋"，哪天就"完了"。这里其实存在一个自我人生价值定位的问题，史铁生将写作视若生命，他竭力想让自己能"稍微有点光彩"，所以只能不断地寻找灵感，不断地写。于是，这中间产生了新的问题：是活着为了写作，还是写作为了活着？

当这些都被导向"欲望"时，史铁生自己反而释然了。人活着，是因为还想得到点什么。他清楚自己这一生，写作或许是最重要的一块，但人不是为了写作而活，人还有别的美好的东西要去追寻，比如爱情，比如价值——人生本就不单调，哪怕是苦难的人生。

在这里，史铁生对生命的求索开始了升华，但人的生命终归是有限的，即便是经历了求索的前三个阶段，吸收了他人的生命经验，个人的生命认知也未必就能完善，于是，史铁生将视线投向了整个人类族群，他看到了一个延绵不断的生命。

这个视角是极尽宏阔的，是超越时空局限的。史铁生探寻日出日落等自然现象，开始感悟生命的永恒，这种感悟是平静的，却又具有震撼人心的力量。

凝结了这种感悟力量的，即是《我与地坛》的结尾部分，在这几个段落里，史铁生描绘了"刚来到人间""见到亲人不想离开世界""走向安息地"三种不同的生命状态，但无论是哪种状态，葬礼的号角都已然吹响。史铁生在对生命永恒价值的寻找中得出结论：永恒的不是个体，而是展现美丽与永恒的精神。因此，个人的苦难也是全族群的组成部分，在生命成长过程中，不应该局限于眼前的苦难而自怨自艾，而是应将生命的永恒价值作为探寻目标。

文章结尾，说太阳下山时，正是它在另一面爬上山巅之际，而在那时候，自己也将走下山去，会有一个孩子从山洼里走出来。从个体差异性而言，那个孩子自然不会是史铁生，但是如果放到整个人类生命中去，这孩子的生命不也正是族群生命的延续么？他和同样是人类族群组成部分的史铁生来说，又是具有割舍不断的联系的。这里的类比其实是把人和太阳等同起来。当视角转向全人类族群之后，生命就足可以说是伟大的了，因为生命与太阳一样生生不息。

人，不是孤立的生命个体，而是从属于一个绵延不息的族群。这个族群如同气韵生动的宇宙，用她独具的宽广胸襟包容一切苦难和欢欣。只有悟到这一点，才能真正体味到生命的尊贵与美好。

血与火
的悲歌

——读欧里庇得斯剧本
《美狄亚》

▼

XUE YU HUO
DE BEI GE

戴在她头上的金冠

冒出惊人的火焰

精美的袍子撕食着这不幸女人的娇嫩的

肌肤

她被火烧着，从座椅上站起来逃跑

往这边那边地摇动着头上的长发

……每当她摇动头发时

火焰便更加倍地旺了起来

……她的目光已经失去了庄重和平静

她的面貌失去了优雅，血和火

混在一起从头顶上往下流

她的肌肉正像松脂从松树上流出来一样

被看不见的毒药从骨骼间融化吸去

情景真是可怕……

　　《美狄亚》（古希腊语：Μδεια）第五场，随着血与火的交融，科林斯国的公主倒在了地上，随之而去的，还有她的父亲——国王克瑞翁。

　　整部《美狄亚》，就是一场血与火的悲歌，当血的流淌与火的焚烧到达极致时，无辜的公主和疼爱她的父亲一同死去。而在这之后，整出悲剧也被推向了最后的高潮——美狄亚杀子。

　　古希腊三大悲剧家之一的欧里庇得斯，一生中写过九十二部戏剧，从其保留下来的作品（十七部悲剧和一部萨提洛斯剧）来看，《美狄亚》无疑是最为优秀的。

　　中外的文学批评家对《美狄亚》的评论，一直侧重于女权主义思想——自然，这是极为必要的。因为欧里庇得斯本身就是女权主义的坚定维护者。但是，《美狄亚》首先是一出无可争议的悲剧，它同样具备"悲剧四要素"，即悲剧主角、悲剧事件、悲剧悖论、由悲剧审美者所承担的悲剧效果。不过，对于这方面的探究却并不多。本文试图从《美狄亚》的悲剧四要素着手，进而对其中的绝对自由精神与女权主义思想进行再解读。

1

《美狄亚》的悲剧性

为什么说《美狄亚》是悲剧

◎ **西方古典文论角度**

亚里士多德是西方古典文论的代表人物之一，他对悲剧的定义在现今仍没有过时。亚里士多德在《诗学》中明确提出：

悲剧是对于一个严肃、完整、有一定长度的行动的模仿。

《美狄亚》取材于古代神话，其情节概括来说包括伊阿宋盗取金羊毛，美狄亚杀兄分尸，美狄亚助伊阿宋复仇，伊阿宋背叛，美狄亚复仇等几个单元。在剧本中，这些情节单元有的省减（如伊阿宋盗取金羊毛的前因后果及过程等，都通过歌队演唱的方式，进行掠过式回忆，极为精简，比重较小），有的则进行更加深刻的剖析与展开（如美狄亚的心理活动、仆从的对话等）。因此剧本篇幅较长，共计一千四百一十九行，它是一个有长度的文本。
而在这个文本里，描写的是一系列有长度的行动。它符合亚里士
多德对悲剧"有一定长度"的定义。

从情节的完整性上看，剧本中的情节单元环环相扣，按照事
情发展顺序连贯一气，前因后果都交代得很清楚。虽然重点部分
是美狄亚被伊阿宋抛弃之后的故事，但是盗取金羊毛、美狄亚杀
兄分尸沉海等神话中的情节单元，也都有简略的概说。即便是不
清楚神话的读者们来看戏剧，也都一目了然，在审美者的心中呈
现的不仅仅是美狄亚被抛弃之后的场景，而是一整个神话——只
是欧里庇得斯将其中的一些部分进行了细致化处理。这也符合悲
剧"完整性"这一要求。

《美狄亚》通篇处在血与火之中，刀剑交错，杀人分尸……一
切行动都具有残酷性，它没有喜剧成分，语言平实但是又不失典雅，
神话的取材本就具有严肃性、崇高性。因此，《美狄亚》是严肃
的剧本，是不折不扣的悲剧。

◎ 西方近现代文论角度

从西方近现代文论中，大致可以总结出这样的悲剧定义：

悲剧（tragedy），又称悲剧性（the tragic），是指具有值得人
同情、认同的个体，在特定必然性的社会冲突中，遭遇不应有却

又不可避免的不幸、失败甚至死亡结局的同时，个性遭到毁灭或者自由自觉的人性受到伤害，并激起审美者的悲伤、怜悯与恐惧等复杂审美情感，乃至发生某种转变的一种审美形态。（引自高等教育出版社《美学原理》）

美狄亚无疑是值得人同情、认同的个体，她聪慧、执着，精通法术，她对爱情有着毫不迟疑的不懈追求，并且把爱情当作是生命的全部。同时，她又有男人的强悍与坚强，女性的柔与男性的刚在她身上有了很好的交融。即使她杀兄、杀子，做出了"诸神难以饶恕的罪孽"，但是在读者眼里，这些都是她维护爱情、维护女权的手段，只是因为在特定历史人伦环境下，才选择的极端复仇路线，所以美狄亚符合悲剧人物的定义。

美狄亚处在父权制社会之中，她的悲剧是社会关系、伦理道德关系等联手酿成的，一个具有浓烈女权主义思想的女人，在那个社会环境中，总体来说是超前的，与社会格格不入。她的悲剧是不可避免的。而美狄亚又是值得人同情的个体，加之于她身上的悲惨遭遇又是不应有的。

在剧中，美狄亚的心灵一次次地遭受重创，她帮助外邦人盗取本国的宝物，欺骗父亲帮助伊阿宋通过重重考验，手刃自己的亲兄弟并分尸沉海……爱情冲淡了她的亲情，淡化了她的伦理观念。爱情占据了她的全部。

而后来的背叛，她终于连爱情也失去了。在这之后，杀子的行为又掐灭了最后的希望。复仇变成了故事后期的主线，这条线一直延伸到戏剧的结局。在复仇的过程中，美狄亚失去了亲情的观念，从一个完整的"人"的角度来看，她最终复仇成功（杀死自己与伊阿宋的儿子）的时候，留下的是一个有缺憾的个体，因为从母亲的角度来解释，美狄亚身上出现了人性的丧失。

所以，《美狄亚》中有一个人性的沦丧过程，它符合近现代文论对于悲剧的定义。

动人的命运悲剧

欧里庇得斯被称为"最具悲剧效应的诗人"，他是古希腊最杰出的心理描写艺术大师。在《美狄亚》中，欧里庇得斯插入了大段的内心独白，尤其是美狄亚杀子之前的犹豫、挣扎的心理活动，一直以来被看成是戏剧心理冲突描写的范本。

《美狄亚》是一部充满刀光剑影、血与火交融的作品，加之取材于神话，神性比重过大。而大量的心理描写恰好弥补了这个不足，欧里庇得斯给神话中的人物插入了更多人的情感，所以比其他剧作家的悲剧更贴近于现实生活，也更加适合表演。诚如索福克勒斯所说的："我按照人应当有的样子来描写，而他（欧里庇得斯）

按照人本来的样子来描写。"

也正是这种贴近现实的描写，使得神走下神坛，吸取了人性的光辉，变得更加动人。

因此，《美狄亚》应该也属于命运悲剧。

大部分研究者将它划分为"社会问题剧"——诚然，《美狄亚》反映了男权制度下社会的面貌，从一个家庭出发，牵扯到当时的政治，清晰呈现当时妇女的社会地位，反映了社会的种种弊端。但是，这并不妨碍在《美狄亚》之前再冠上"命运悲剧"的头衔。

从神话元素来看，美狄亚的可悲就在她的命运上——美狄亚是赫拉复仇的工具，是伊阿宋获取金羊毛的工具，是不折不扣的牺牲品，这就是她的命运。但同时，她又不甘于仅仅做一个可怜的牺牲品。于是便开始反抗命运——这与《俄狄浦斯王》何其相似！

所以，《美狄亚》既是一部动人的命运悲剧，也是具有浓烈悲剧效应的社会问题剧。

2

《美狄亚》中的悲剧主角

悲剧主角又称悲剧人物，是悲剧中最重要的元素之一。他必须是一个值得人同情认同的、个性化的人物。

《美狄亚》中的悲剧人物就是美狄亚，这部戏剧被认为是古希腊最动人的悲剧之一，也是西方文学中第一次把妇女作为主要角色来塑造。

美狄亚的智慧

美狄亚是一个充满魅力的女性形象，她懂得魔法，并多以魔法成事，但其实，抛开魔法这一点不谈，美狄亚本身就具有过人的智慧。

国王克瑞翁为什么一定要驱逐美狄亚？因为她不但会魔法，而且是一个"天生聪明"的女人。

克瑞翁：

　　我不必隐瞒我的理由，我担心你

　　做什么给我的女儿造成不可挽救的伤害。

　　许多事情使得我有理由这样担心：

　　你天生聪明，懂得许多妖术……

诚然，对于国王而言，美狄亚过分危险，其危险性甚至超越了男人。美狄亚的智慧与魔法相结合，她以此帮助伊阿宋闯过了种种难关取得了金羊毛；杀兄分尸拖延时间；设计让佩利阿斯的女儿们煮杀了父亲——伊阿宋的仇人。这一切带给她"智慧"之名。

但是这名声却引起了男人们的猜忌，以至于美狄亚悲叹：

名声这东西给我带来重大的危害。
一个生性明智的人千万不可
把子女教养成过分聪明的人；
因为除了得到无用的名声之外
他们挣得的只有公民的憎恶。

这种偏向反讽的话语，是美狄亚无声的控诉，与《杨门女将》之中的穆桂英唱出"谁说女子不如男"相反，所有的人，无论是伊阿宋还是国王克瑞翁，哪怕是一整个城邦里的公民，都认识到了美狄亚的聪慧与睿智——尽管这样的认知给她招来了不幸。

美狄亚的魅力源泉

对美狄亚这个剧中人的探索，一直就没有停止过，她以一种无可媲拟的魅力，成为了悲剧女性的范本。后代文学家如但丁、弥尔顿、高乃依、拉辛、歌德、拜伦、雪莱都在这个范本的影响下写过作品，他们的创作中或多或少地借鉴了美狄亚身上的某些品质。

美狄亚作为一个典型人物，能得到那么多作家、审美者的青睐，必然有其吸引力所在。她最具魅力之处，就是对爱情的近乎执拗的追求，以及爱情地位高于一切的决绝。

黑格尔曾说：

爱情在女人身上显得最美，因为她全部的精神生活和现实生活都集中在爱情里，并得到推广，她只有在爱情里才能找到生命的支持力，如果她在爱情方面遭遇不幸，她就会像一道火焰，被一阵风吹熄掉。

正因为爱情之于女人有一种等同于自己生命的意义，一旦遭到背叛，她对这个男人的怨恨甚至报复是难以想象的。这也为下文的杀子埋下了伏笔——只有爱之至深，才得恨之至切。

但是，为爱情不顾一切的女性有很多，美狄亚却只有一个。她身上还有更为特殊的品质。

美狄亚是个女人，但是她的身上却没有女性普遍拥有的那种柔弱、懦弱，而是表现出了如男人一般的刚强——甚至在冷酷上，远远超越了一般的男人。

亚里士多德就曾经这样评价过美狄亚："美狄亚在某种程度上是一个不完全意义上的男人。"

她最先疯狂地爱上了外邦人——伊阿宋。为了帮助伊阿宋获取金羊毛，她背叛家庭，助其一路闯过难关；为了与伊阿宋成功逃脱，她杀了兄长并分尸弃河，让悲愤的父亲急于寻找而耽误了缉拿自己的时间。她如愿得到了伊阿宋的爱情——那种建立在感激之下的爱情。

当伊阿宋抛弃她和公主结婚时，她施用巫术杀死了公主，并且狠下心来用剑刺死了自己的儿子。于是，失去了新婚妻子和子嗣的伊阿宋，在重视血缘传承与姓氏荣耀的古希腊，无疑是生不如死。最后，美狄亚骑毒龙逃走，去往庇护她的国度——埃勾斯的领土埃瑞克透斯。

她可以为爱放弃一切，可以背弃家庭和祖国，抛弃自己原来的尊贵身份（她是科尔喀斯国王埃厄忒斯的女儿，太阳神赫利俄斯的孙女，又有地狱女神赫卡忒指导并传授的魔力，身份极为高贵），但同时，当觉察到自己的爱被背叛、践踏时，她也可以因恨而冲破伦理。即使是自己也沉浸在苦痛中，她也决然地冲自己的骨肉下手，其目的就是报复：

歌队长：

　　可是，夫人，你忍心杀你的两个儿子？

美狄亚：

　　因为，这样可使我的丈夫最为痛心。

歌队长：

　　可是你会成为一个最伤心的女人。

美狄亚：

　　顾不得了！一切阻拦的话都多余了。

　　为了实施自己的计划，她有足够的耐心去与背叛自己的丈夫虚与委蛇，为自己的复仇计划铺路。而她的计划，则是"神都不饶恕的罪恶"。女人的耐心与男性的冷酷相结合，女人的心机与弥漫着血与火的复仇结合，铸就了这柄复仇女神的利刃。

　　美狄亚形象最伟大的地方，就是她拿起了这柄史无前例的兵器，用它向蔑视和压迫女性的世俗宣战，向古希腊女性地位低下的法律条文宣战，向整个男权制度宣战，为了自我心中最神圣不可侵犯的爱情而不惜牺牲一切——这也正是美狄亚形象魅力的根源。

　　总之，美狄亚身上的闪光点很多，这些闪光点可以被不同程度地借鉴到别的悲剧性人物身上去，但是美狄亚却是永远不可复制的。她作为第一个女性的悲剧主角，是具有唯一性的，其地位不可撼动。

目

《美狄亚》中的悲剧事件

悲剧事件的深层原因

　　剧本《美狄亚》把几乎所有的篇幅都浓缩到了伊阿宋抛弃妻子另谋新欢之后，之前的情节一笔带过，进行了白描式的省减，这些前因后果，都是通过歌队的演唱来进行概括，语言非常简练，寥寥几笔勾勒出整个轮廓。如剧本的开头写道：

　　但愿阿尔戈号从未飞过深蓝的撞岩

　　航海来到科尔克斯的海岸，

　　但愿佩里昂山里的松树

　　从未被砍来供那些为佩利阿斯

　　去取金羊毛的勇士制造船桨。

　　要是这样，我的女主人美狄亚

便不会因为狂热地爱上伊阿宋

航海来到伊奥尔科斯的城楼下了，

也不会因诱使佩里阿斯的女儿们

杀死她们的父亲，跟着丈夫带着孩子

移居到科林斯这地方来了。

……爱情劈裂，伊阿宋抛弃了

她和他们的孩子……

　　简简单单十三行诗，概括了事件的起因，将故事直接引到美狄亚被抛弃之后。而之后的文字，都是写美狄亚如何想出计谋，如何凭借智慧与丈夫和克瑞翁斡旋，如何去复仇了。所以剧本《美狄亚》的悲剧事件，就是美狄亚复仇，并不是神话中的盗取金羊毛等一系列事件。

　　复仇贯穿了全剧，是主导线索。复仇的表层原因非常简单——伊阿宋背叛了美狄亚，践踏了美狄亚的爱情。但是，其深层原因，却远不止于此，欧里庇得斯想要表达的社会问题，也就蕴含在这深层原因里，这也是该剧被贴上了"社会问题剧"标签的原因。

　　美狄亚被抛弃，虽然说与伊阿宋直接相关，但这却是父权制社会的一个缩影。

　　在英雄时代和氏族社会解体时，母系社会的暂时存在维护了妇女的地位。但是到了公元前6世纪至前5世纪间，私有制的发展最终形成了以男人为中心的社会形态，妇女在家庭中完全失去了经济独立权——无论在哪个时期，物质基础上的独立，一直就是女性独立的前提条件，即便是今天，这也是很多女权主义者所极力提倡的。

失去了经济权的女性地位普遍大幅度下降，随之而来的是参政权的丧失。妇女离开政坛，男性就很容易制订并通过一些压制女性权利的法律条文，所以在那个时期，妇女的地位几乎等同于奴隶。当时的很多诗人、哲学家，甚至将妇女与奴隶、牲畜等同，并不把她们当作"人"来看。

这就是当时的社会背景。《美狄亚》中的悲剧，就发生在这样的环境下。从当时的社会伦理来看，伊阿宋抛弃美狄亚而娶国王克瑞翁的女儿，是完全合法的，甚至是完全"正确"的。并且就克瑞翁将美狄亚驱逐出境这一事件而言，也是合法的。因为当时希腊的法律明确规定：外邦女子不受法律的保护。这是当时整个希腊社会的共识。

所以，美狄亚的特殊之处，就在于她敢于反叛这种社会共识，她敢于质问伊阿宋为何背叛她——而实际上对于其他女子而言，这根本谈不上"背叛"。她敢于怒斥国王，以一个外邦的"蛮族"女子的身份去反抗王室而不惧，甚至将复仇的触手伸向了公主。

　　她的这些行为，往小了说是维护自身的权利，维护比生命还要重要的爱的权利；往大处说，就是维护女性的权益，是女权主义的代言人。美狄亚代表的不是一个个体，而是一个群体。欧里庇得斯非常注重女权，为女性说话，他将自己的思想通过美狄亚进行了演绎，并且通过这种过激的行为，无限地放大了自己的思想。

　　在美学意义上，悲剧根据主角的特性分为两种："崇高性悲剧"与"非崇高性悲剧"。很明显，《美狄亚》是属于崇高性悲剧。

　　在崇高性悲剧中，悲剧主角总是以超前出现的强烈个性姿态与客观环境相对抗，而主角目的无法实现的绝望境况与其执着追求的强烈个性构成了悲剧与崇高的交叉。

　　美狄亚追求的那种绝对忠实的纯粹的爱情，在男权制度下的时代里是一个泡影。她对于女性权利的追求是一种超前的追求，是不符合那个时代背景的追求。

　　所以说，美狄亚形象是具有超前性质的，她与普罗米修斯、屈原等人一样，看到了超越当前的境况，想要构建一个理想的适应于自己需求的环境。但是，他们对于这种理想的追求，在当时的社会中是一个禁忌，在他们之前，从来没有人敢于为之发声，这种追求触及了整个统治阶层，必将受到最大的阻力。这就是美狄亚复仇事件的深层原因。

悲剧事件的结局探究

悲剧事件的结局里，"死亡并不是必须的。"悲剧性事件的悲惨性，即悲剧主角所遭受的失败、伤害甚至痛苦等因素不能片面地、肤浅地理解为其肉体上的死亡或伤害。

就如戏剧《美狄亚》，悲剧主角本身并没有死去，而是在报仇之后寻找到了容身之所，并且骑着毒龙安全逃离。但是，《美狄亚》仍然是一出不折不扣的悲剧，这主要原因是人的本质能动性、创造性、合乎人类本质发展方向的目的性愿望被严酷的客观规律所否定，导致了"人性的毁灭"（高尔基）。

《美狄亚》中的"合乎人类本质发展方向的目的性愿望"，就是指美狄亚的女权主义追求，而"严酷的客观规律"，就是男权制度的社会。美狄亚的人性追求，被严酷的男权制度压迫，最终导致了美狄亚"人性的毁灭"。

《美狄亚》的结局，是母亲杀死了自己的孩子。这表明，复仇作为一种内在的驱动性力量，已经占据了美狄亚的身心，作为美好人性的亲情虽然没有完全丧失——如美狄亚在杀死两个孩子之前有过长时间的挣扎，有很长一段内心独白来抒发自己的矛盾之情——这说明她仍有母性的光辉，但已经被复仇所压倒了。

所以，《美狄亚》的结局是大悲的，虽然悲剧主角没有死亡，但是身心已经不再健全，她身上体现了人性的丧失。

凵

《美狄亚》中的悲剧悖论

悲剧的悖论性就在于，每一个悲剧的主人公都是不幸的，他所遭遇的肉体痛苦与死亡，所受到的人性方面的戕害、损失，都是不可避免的，这就是人们时常谈论的悲剧的不可避免性或历史必然性。

但是，此类似乎是命中注定的事情，同时又是不可接受、非正当的，不合适的。悲剧似乎因此也陷入了一个奇怪的矛盾或悖论，此可谓主人公悲剧遭遇及结局的悖论性。

在上文对于悲剧事件的深层次原因探究里，已经分析过并得出结论：美狄亚对于绝对忠贞爱情的追求，与当时的男权制度下的社会共识有巨大差距，美狄亚的追求具有超前性，难以实现。而美狄亚在见到伊阿宋之后，爱情就已经完全膨胀到碾压过了亲情以及对祖国的情感，所以她才会做出叛国之事——协助他盗取金羊毛，杀兄分尸弃河。对于一个将爱情等同于生命的女人来说，让她放弃爱情显然是不可能的，当爱情被剥夺，她就自然而然会进行不择手段的报复。这就是悲剧的必然性。

也只有这样必然的冲突，才会导致必然的结局。而无论是黑格尔、别林斯基还是马克思与恩格斯，都认为偶然的、个人作用而产生的事情并不能称之为悲剧，悲剧势必是必然发生的。美狄亚的悲剧完全符合这个要求，也就可以构成悲剧悖论。

以悲剧审美者的眼光来看《美狄亚》，虽然她身上的悲剧是不可避免的，但同时又是不应该发生的，是非正当的，不合适的。

大部分读者都会对剧中的伊阿宋产生巨大的不满情绪——美狄亚为了他，可以说是放弃了自己的一切，包括自己尊贵的出身——与埃及艳后Cleopatia用爱情俘获王位不同，美狄亚用王位、祖国与兄弟的生命换取了一个异乡而来、身份地位不保的人的爱情，牺牲之大，前所未有。

但是，伊阿宋给予她的，却远远不成正比。在剧中，伊阿宋被刻画成卑鄙的诡辩主义者和粗暴的利己主义者的典型，他不断为自己的背叛行为辩解：

伊阿宋：

女人啊，小心地避开你的毒舌。

你过分地夸大了对我的恩情，

……你在帮助我的过程中事情做得不错。

可是因为救了我你得到的比付出要多得多。

首先，你脱离了野蛮的地方

来到希腊居住，懂得了正义，学会了

依法律生活。

……我，一个流亡者，除了娶国王的女儿外，

还能找到什么比这更有利的办法？

　　他把自己打扮成美狄亚的恩人，振振有词地说他把美狄亚从蛮夷之地带到文明之邦，说他自己另娶公主是为了保证美狄亚所生的两个孩子的地位。一切的诡辩都是无理而虚伪的，读者可以深刻体会到所谓的"英雄"的本来面目。

　　所以，读者会为美狄亚鸣不平，认为美狄亚的巨大付出实在是"不值得"。他们会把责任归咎于伊阿宋，在此过程中，自然而然就会觉得美狄亚被抛弃的命运是不可接受的。这样的想法与不可避免的历史必然性相结合，悲剧的悖论就形成了。

5

《美狄亚》的悲剧效果

悲伤、恐惧与怜悯

悲剧的效果主要是从悲剧审美者的角度进行阐发的。由审美者所承担的悲剧效果具有复杂的启示性。

亚里士多德在著名的"净化"说提出：

> 悲剧是对于一个严肃、完整、有一定长度的行动的模仿；它……借以引起怜悯与恐惧来使情感得到陶冶。

这里的"陶冶"，古希腊文写作Katharsis，有宣泄、洗净的意思。虽然亚里士多德并没有明确地说出"净化"的意思，但是后来的大多数美学家都认为他说的"净化"与人的灵魂密切相关。

在《美狄亚》中，在观看完杀子的结局后，审美者首先会产生一种悲伤的情绪。因为在整出血与火交融的戏剧里，最后的结局是大毁灭，是美狄亚人性的残缺或丧失，没有所谓的大赢家。这样的结局是一个大悲的结局，观众受其感染，心情沉重压抑，悲痛不自禁。

雅思贝尔斯说：

净化是触及每一个人灵魂之深处的经验，它使人更深刻地接受实在，不只是作为一个旁观者，而是亲身投入其中。

也就是说，在给予读者悲伤的感觉之后，悲剧还能"触及人的灵魂深处"，引起一系列复杂的审美体验。

在这些复杂的审美体验中，恐惧、怜悯之情也纷至沓来。这就是悲剧的审美效果。

怜悯是由于悲剧主人公美狄亚遭受了不应有的厄运而引起的，恐惧则是由遭受厄运的主人公与审美者己身的相似性而引起的。这里的相似性不一定是来自性格，更多的是来自一种追求，尤其是随着时代的发展，女权主义运动兴起并成为浪潮以来，越来越多的女性获得经济、家庭地位上的独立，她们的爱情追求也越来越多地转向一致——渴求忠贞的、纯粹的爱情。这与美狄亚的追求不谋而合。

这种追求上的暗合，是引起恐惧的重要原因之一。正是因为这样的恐惧，审美者才会引以为戒，所以说《美狄亚》具有一定的规劝作用，尤其是对于男性审美者的规劝性更强，它告诫人们：对待爱情要诚实、专一、讲情义，不可过分地沉溺于权力与欲望之中，否则会引来血光之灾。

因此，总体来看，所有的悲剧审美者都会从中得益，并且给自己以训诫，冲破世俗的欲望，向更加崇高的境界飞升。

整部悲剧，就是通过这样的规劝性意义，展示了它的普世性价值，使审美者的情绪得到宣泄，灵魂得到净化，某种病态的心理得到缓解，保持一个良好的身心状态。

崇高性悲剧的独特超越感

与《被缚的普罗米修斯》一样，美狄亚同样以一种超前的强烈性格出现，与客观环境进行着对抗，《美狄亚》也属于"崇高性悲剧"范畴，它给人的审美感觉非常接近崇高。

崇高是一种突出了主体与客体、人有自然、感性与理性的矛盾、对立，情感力度异常强烈，具有以痛感、压抑感为基础，由不和谐到和谐、由情感到快感的复杂的心理体验。它更加侧重于展现人的本质（实践劳动及其自由性）对象化（规律与目的的相统一）实现的曲折过程。

　　美狄亚追求爱情的过程，并不是一帆风顺的。为了得到伊阿宋的爱情，她不惜背叛了自己的祖国，离开了自己的父亲，并与他反目成仇。经过三次巨大的波折之后，伊阿宋终于在感激美狄亚的基础上娶她为妻。她似乎追求到了爱情，但是旋即而来的背叛却打破了这种宁静的状态。

　　所以总的来说，美狄亚追求绝对忠贞的爱情的过程是曲折的。整部悲剧，其实就是她对于这种爱情的守护到报复的过程。在这个过程中，主体（美狄亚）与客体（男权制度的社会）处于矛盾、对立的激化状态，人的本质尚未实现对象化，主体还未得到现实的肯定，看不到胜利的成果，甚至处于被压抑的地位——美狄亚对抗的是整个王国，而她却没有援军，孤身一人。她虽然身具魔法，但无论是伊阿宋还是国王克瑞翁，都已经认识到了这点，并且采取了措施——她在滞留几天之后将被驱逐出境，留给她的复仇时间非常之短。从这点来看，美狄亚根本没有复仇的机会了。

　　但是，崇高审美关系的质的规定性，不断激励着主体力争统一和征服客体，以取得最终的胜利。崇高所蕴含着的动力及矛盾斗争状态，可推动实践主体精神力量的无限生成与提升。美狄亚就是在这种推动之下，坚定了复仇的信念，一步一步走向"胜利"，尽管这种胜利也付出了巨大的代价——她变成了世界上"最伤心的母亲"。

也就是说，美狄亚在复仇的过程中虽然不断受阻，乃至几乎被外界的强大力量压倒，但是这只是矛盾双方力量对比的外在客观形式而已。作为人类本质的实践劳动及对忠贞的、永不背叛的爱情的追求，在总体上是不会消亡的。崇高的悲剧活动中，美狄亚的主体力量发挥所带来的前景，以人的总体性本质实现为目标。

美狄亚的力量更多地在于维护自身的利益，在于对忠贞爱情的追求。在这样的追求中，她的主体精神得到了高度的张扬与无限的延伸，最终跳出了一般悲剧的范畴，上升成为"崇高的悲剧"。

美狄亚的复仇，超越了个体生命的物质规定性，喊出了女权主义的宣言，从狭隘的"自我"之中超脱了出来，成为了那个时代的女性的代表，有了一种难以言语的"超越感"。正是因为这种"超越感"，美狄亚也成了女权的代表，她以个体的行动，充分显示了人的本质力量的伟大。

崇高美的力量，正是根源于个体向总体性的更高的升华。

6

《美狄亚》中的绝对自由精神

在整部《美狄亚》中，在这些悲剧的要素之后，隐藏着的是浓烈的女权主义思想，欧里庇得斯的女权主义诉求，也在这部戏剧中得到了最为充分的展示。以美狄亚这个形象为切入点，可以发现其隐含的另一种意义——绝对自由主义的追求。

绝对自由主义追求，是与女权主义诉求结合在一起的，只不过它更为特殊，因为女权思想可以被很多角色所模仿，具有普遍性，但绝对自由主义追求，却具有独特性，它不是每一个角色都承受得起的。

这种思想并不一定是正当、合理的，毕竟，在加上绝对两个字之后，就表示这种思想已经有了走入极端的倾向。美狄亚的结局是悲惨的，她极端的报复心理使得整出戏剧悲上加悲，血与火交织的毁灭性大结局令很多审美者难以释怀。但是，就那个时代而言，在女性的地位被压抑到极点的时代背景之下，这种极端的自由追求却往往是合理的、值得赞颂的。

想起来其实很简单，比如在中国的新文化运动期间，为了打破传统，改革文字，就连中国传统文化的精髓也一律被否定掉。其实，以鲁迅、胡适等人的眼界与智慧，完全能够分辨出哪些是精华，哪些是糟粕，他们也完全能够提出取其精华、去其糟粕的更为"合理"的口号。但是特殊的时代背景容不得他们去筛选，容不得他们的犹豫——只有将一切传统的都打倒，才能真正扭转国人的陈腐思想——美狄亚的绝对自由主义追求，也与此有异曲同工之妙。

美狄亚处在英雄时代男权的阴影下，敢于为了伊阿宋放弃公主的身份，杀死自己的弟弟，背叛自己的国家，为爱情绝对地付出。在这个意义上，美狄亚是一个心理上绝对自由的人——敢爱。

可当她被自己的丈夫抛弃后，为了报复那个负心的男人，居然亲手杀死自己与伊阿宋所生的两个儿子，在这一点上，更突出了美狄亚心理上的绝对自由——敢恨。

她杀死亲人的行为，具有残酷的破坏性，破坏了男权统治社会的"天理"，美狄亚的抗争给所有渴求自由平等的女性带来了一场心灵的革命。

《美狄亚》中充分反映了一名女性对绝对自由的追求，她用英雄的勇气挣脱了一切外界的束缚——主要是道德伦理的束缚，而达到身心的绝对自由。女性是值得人们尊重的，作为一名真女性，美狄亚的爱情更是高贵的，当自己唯一而高贵的爱情被伊阿宋看成利益的符号，一种受到低贱者的侮辱而激发的愤怒油然而生。她用男人式的暴力手段，去报复那个她爱过却又最终残忍背叛她的男人。复仇时，她又有女人式的耐心——杀死孩子、情敌，却留下负心男人的命，让他在之后的岁月中受到永远的折磨。美狄亚以男人的强势与女人的耐心相结合的复仇，是向压迫女性的男权制度的社会宣战，牺牲一切而去实现长期受压迫的女性自我。这种女性意识的觉醒，即使在整个文学历史的长河中，也熠熠发光，不容忽视。《美狄亚》的悲剧故事，充分体现了古希腊神话的魅力，体现了欧里庇得斯戏剧的魅力，体现了古希腊人对于人性的深刻探讨。

在父权社会时期，古希腊人认为，父亲是真正的生育者，儿女的出生完全与母亲无关。母亲也不具备干预子女的权利，但美狄亚却决定着子女的生死。她不是男人却胜过男人。

美狄亚在人们道德观念中以一次前所未有的犯罪，达到了真正意义上的自由。这种自由是偏执的、具有极端性质的，而悲剧在这里也达到了极致——正是美狄亚的心灵悲哀让她首先成为了一个与男性一样的人，也使得她真正意义上突破了一般悲剧主角的窠臼，进行了自我的超越，达到了真正意义上的绝对自由。

自然主义的遵循与反拨

——莫泊桑短篇小说写作
技法及早期批判现实主义
复归

▼

ZI RAN ZHU YI DE
ZUN XUN YU FAN BO

莫泊桑是19世纪批判现实主义文学的代表作家之一，他的文学成就主要体现在短篇小说创作上。在短短的一生中，他创作了三百多篇脍炙人口的中短篇小说，使得他以"短篇小说之王"的名义屹立于世界文学之林。学界对莫泊桑的研究从未停止，普遍来看，多是解读其总体的艺术特色、女性形象塑造、戏剧冲突处理、对现实的批判力度等层面，而对作家在写作时惯用的技法，却多有忽略。但是，写作技法作为文学创作的基础，对人的借鉴意义反而是最为实际的，应该得到重视。

一方面，莫泊桑继承了巴尔扎克、斯汤达等现实主义大师的批判现实主义写实传统；另一方面，他又追随福楼拜、左拉等自然主义先驱人物，并以福楼拜为师。在写作中，他既正视现实、尊重历史，具有较强的批判力度，又不让自己在作品中现身。在探析其重要写作技法之后，就不得不正视莫泊桑对自然主义的传承问题。

我们知道，莫泊桑从来没有公开承认自己的自然主义作家身份——甚至对此进行过否定，那么他对于自然主义究竟持什么样的态度，他的写作手法与传统自然主义作家有何不同呢？——这将是本文重点考量的问题。

1

灵活多变的对比技法

莫泊桑的小说之所以动人，与他灵活多变的对比技法是分不开的。这种对比技法承袭了福楼拜，但是更加生动多变，有时一个小短篇连用四五处对比，多而不乱。

其对比的事物有人物形象、人物性格、人物行为、环境、氛围等，无论是哪一种对比，都具有鲜活之气。

段内对比

这里的段内对比，是指在一个连续的小篇幅内的对比，并不是狭义地局限于一个段落内部。这种对比的好处是，对比物象相当集中，能给人造成一种很强的震撼，也有利于情节的展开。

《羊脂球》作为莫泊桑的成名作，其中的对比手法相当多，开篇描写普法战争中溃败的法国军队在城里聚集，就有两处段内对比：

这些年轻而又灵活的游击队员既容易惊慌失措，也容易兴奋狂热，他们随时都准备进攻，也随时准备逃跑。

莫泊桑写这些游击队员，完全是一副新兵菜鸟的样子，"随时都准备进攻"与"随时准备逃跑"形成了强烈的对比。很显然，作者想要突出的是后面一句，即游击队员不是为了保护法国公民，而是将自己的生命放在第一位，对于军队来说，这是何等的讽刺！莫泊桑精妙地写出溃不成军的游击队员的丑态，语气不显，但是失望之情溢于言表。

也是同一处，出现了第二处类似的对比：

有九批游击队的队伍也过去了，他们每一队都有自己的英勇的称号，如"战败复仇队""墓地公民队""视死如归队"等等——他们的样子很像土匪。

游击队被冠以各种英雄的称号，但是其行径却让人大跌眼镜——莫泊桑很直白地点出来，他们的样子很像土匪。在反抗普鲁士军队的过程中，本国的军队居然做起了类似的勾当，民众见到了法国军同样畏之如虎，这是辛酸而沉痛的记录。

在另一个短篇《小酒桶》里，也出现了多处对比。《小酒桶》写了客店老板希科看中了老婆婆玛格卢比尔的农场，他想收购这块地，提出了每个月一百五十法郎的价格，老婆婆生前，农场仍然归其所有，死后则由希科继承。老婆婆经多方询问后，提高了价格，同意了。

但是玛格卢比尔身体一天比一天健壮（尽管她已七十多岁了）。希科感到自己上当受骗了，他假意宴请老婆婆并意外发现她很喜欢喝白兰地。于是他便每周给她寄去一桶酒，让老婆婆染上了酗酒的毛病，最终在第二年的圣诞节死了。狡猾的希科顺理成章地获得了自己想要的那块地，他以最小的付出获得了最大的利益。

小说批判了资本家狡猾、凶残、唯利是图的一面，但对于普通读者而言，却更为关注里面的另一重要思想，即做人不能贪心，天下没有免费的午餐，这是玛格卢比尔老婆婆血的教训。文中有两处段内对比：

老婆婆七十二岁，满脸皱纹，干瘪瘦削的身子又僵硬又佝偻，但是她做起事情来却像年轻的姑娘一样不知疲倦。

这是外貌描写，"满脸皱纹，干瘪瘦削的身子又僵硬又佝偻"，勾勒了在贫苦生活中挣扎到老的农村妇女形象。接下来这一个对比，配合上比喻，老婆婆"像年轻的姑娘一样不知疲倦"，一下子让原本佝偻的形象充满了生机与活力。这里对比的作用主要是为了做铺垫，即为下文的老婆婆一年比一年健壮做出一个解释，起到推动情节的作用。

老婆子一听到每个月能拿进五十枚五法郎一个的银币，惊喜得直哆嗦；但她还是疑虑重重，害怕有意料不到的事情，害怕这里面暗藏着什么阴谋诡计。

这里将一个见钱眼开的守财奴形象与一个疑窦重重的精明人形象拼合在一起，老婆婆的内心冲突形成对比，真实可感。

只为遇见
ZHI WEI YU JIAN

在名篇《我的叔叔于勒》里，同样有一个容易被忽略的段内对比：

终于有一个看中二姐的人上门来了。他是公务员，没有什么钱，但是诚实可靠。我总认为这个青年之所以不再迟疑而下决心求婚，是因为有一天晚上我们给他看了于勒叔叔的信。

讲述完这个求婚者"诚实可靠"，但下一句马上暗示，他来求婚的原因是看上了于勒叔叔的那笔钱，想要分得一份。在很短的段落里违背原有的定义（此处违背了"诚实可靠"），给人造成的视觉冲击、心理冲击是很大的，这里的对比让人反思社会风气的唯利是图，也起到引出下文的作用。

篇章对比

如果说段内对比是从小处着眼的精雕细刻，那么篇章对比就是一种宏观的把握，是一种贯穿整篇文章的对比。它往往位于文章的开头与结尾，相比段内对比更加隐秘，但是莫泊桑的高深之处恰恰在于，他不刻意去突出对比，而是让读者进行自我思考，从而得出结论。给人的好处是能在完成阅读之后回味无穷，有所警醒。

　　以《我的叔叔于勒》为例，本文将篇章对比发挥到了极致。作者以一个孩子的视角和口吻向我们展示了一个小职员家庭生活的细枝末节。叔叔于勒年轻时是个"败家子"，肆意挥霍钱财，父母避他犹如躲避瘟神。可是后来得知叔叔发达的父母又热切地盼着他的回归：

　　我这位于勒叔叔一到那里就做上了不知什么买卖，不久就写信来说，他赚了点钱，并且希望能够赔偿我父亲的损失。这封信使我们家里人深切感动。于勒，大家都认为分文不值的于勒，一下子成了正直的人，有良心的人，达夫朗什家的好子弟，跟所有达夫朗什家的子弟一样公正无欺了。

　　在姐姐婚礼前期的旅行中，大家发现叔叔于勒就是那个在船上卖牡蛎的穷酸老水手，潦倒不已。父母亲在希望破灭的同时对叔叔于勒的态度更是急剧逆转：

　　父亲突然很狼狈，低声嘟哝着："出大乱子了！"
　　母亲突然大发雷霆，说："我就知道这个贼是不会有出息，早晚会再来缠上我们！……"
　　母亲接着又说："把钱交给约瑟夫，叫他赶快去把牡蛎钱付清。

已经够倒霉的了，要是再被这个讨饭的认出来，在这船上可就有热闹看了。咱们到船那头去，注意别叫那人挨近我们！"

在这部作品中，莫泊桑通过反复的篇章对比，详细描写了一家人对叔叔的态度变化，这些段落分布在文章的前后两处，相隔很远，但却能让人一眼看出对比所在，把人情的淡薄、视财如命的小市民刻画得入木三分。

类似的例子还有不少，如《珠宝》中的郎丹太太结婚前"为人正派，娴静端庄，温良贤淑"，她在嫁给了郎丹先生后，"精打细算，聪明能干"，而且她并没有什么不良爱好，只是喜欢"搜集那些闪闪发光的假珠宝"。

一切都是那么美好。那么小说的矛盾冲突从何而来呢？这便引起了读者的强烈好奇。故事在郎丹太太死后才进入高潮。郎丹先生变卖太太的"假珠宝"时，发现这些珠宝价值连城。我们由郎丹太太喜欢看戏，可联想到她能够结交有钱的男士。而她这么美丽动人，一定有不少男士主动追求。那么这些珠宝可能就是郎丹太太出卖色相换得的。这是"为人正派，娴静端庄"吗？反差实在很大。

《羊脂球》中也有多处对比。羊脂球与同行几人对待彼此的态度就是一大对比。同行几人知道羊脂球是妓女而看不起她，但是在大家陷入困境时，是羊脂球将自己那一篮子的食物贡献出来，让他人享用；后来，羊脂球虽然痛恨普鲁士人，但为了救出同伴，不得不委身于军官一夜，最后换得众人的安全通行。可谁知，获救的人的态度却发生了一百八十度转变。

这里将一个"下贱的妓女"与那些"上层的贵族"进行对比，已经超越了单纯的态度对比，上升到了人格对比层面。莫泊桑突出了羊脂球人格的高大，鞭笞了贵族的冷漠与无情，将批判的鞭子深入到了人的灵魂深处，给人带来了极大的震撼。

在短篇小说《魔鬼》中，也有一处值得注意的篇章对比。《魔鬼》的情节设置与《小酒桶》类似，都是盼望一个老婆子快点死去。不同的是，《魔鬼》中是个按天计算看护费用的农村女人拉贝太太，因为只收了三天的钱，想要老太婆在三天内去世。但是老太婆看样子还能撑很久，拉贝太太于是假扮"魔鬼"去吓唬她，在第三天晚上没到来之前活活吓死了她。且看文中的对比：

拉贝太太担心起来，她走近垂死的人，看到她还是老样子，睁着双眼，有点透不过气来，面色仍旧泰然自若，两只痉挛的手搁在被子上。

拉贝太太知道这种情况也许会拖上两天、四天、八天，她那吝啬的心被一种恐怖攫住了，与此同时升起了一股怒火，对这个耍弄她的狡猾的家伙和这个不肯死的老妇人恨之入骨。

　　这里是写老妇人弥留之际的状态，而拉贝太太由于收了固定的钱，因此老妇人多滞留一段日子她就相当于少赚了一些钱，她无比渴望老人死去，但是却又不敢下手送她归西，因此心急如焚地等待着她死去。

　　轰隆一声，铁桶掉在地上，这时拉贝太太爬到一张椅子上，掀起床脚边的帐子，出现在病人眼前，她用一个铁罐子遮住脸，装神弄鬼对着铁罐子里尖声大叫大喊，同时挥舞着手中的扫帚，就像木偶戏中的魔鬼那样，吓唬这个快要死的老农妇。
　　老妇人吓得魂飞魄散，露出疯子似的眼光，拼命爬起来逃走，甚至肩膀和胸部已离开了床，但又跌了下去，吐了长长的一口气，死了。

　　这两段描述的是拉贝太太扮成魔鬼吓唬老妇人的场面，老妇人奋力挣扎的样子与她之前安详的弥留状态形成了强烈对比，让人们产生一种深切的同情感。而基于这种感情的，就是对拉贝太太吝啬成性的愤慨与诅咒，这里的对比很成功，莫泊桑将读者的情绪导向了愤怒，但是却没有给这种愤怒一个宣泄点（因为结局拉贝太太收了钱之后安然离开，没有受到应有的惩罚），更激发了读者的正义感。
　　本文还有一处篇章对比。拉贝太太刚来看护老妇人时，她询问有没有行过圣事，当她发现没有时，猛地站起来说："天主啊！这怎么行！我去把本堂神父找来。"莫泊桑接着又加了一句：拉贝太太可是个虔诚的教徒。

这里的拉贝太太与结尾处扮成魔鬼的她形成了强烈对比，形象一下子从圣洁的光辉下走向了黑夜的怀抱。我们可以肯定，拉贝太太就是魔鬼，但是她却一直披着教徒的外衣，往小了说，这是对拉贝太太人格的批判，从宏观上看，这却是对教会的批判——教徒是披着衣服的魔鬼。

2

生动微彻的细节描写

细节描写是一个作家必备的基本功之一。莫泊桑的细节描写分外出色，他具有一种超乎常人的细腻的观察力，其细节描写带有一种法国式的生动微彻，总是能在细微之处见真意，于平凡之中见不平凡，功力老到，值得借鉴。

人物外貌描写

莫泊桑对人物的外貌描写极有心得，他善于抓住被人忽略的细节，将其放大并对其详加描述，以小见大地映射一个人，让人产生眼前一亮的感觉。他的成名作《羊脂球》，里面的外貌描写为人称道：

> 那个女的是一个妓女。由于身体过早发胖而出了名，外号叫"羊脂球"。她身材矮小，满身各部分全是滚圆的，肥得要滴出油来，十个手指头儿也都是肉鼓鼓的，丰满得在每一节小骨和另一节接合的地方都箍出了一个圈，简直像是一串短短儿的香肠似的；她的皮肤是光润而且绷紧了的，胸脯丰满得在裙袍里突出来……眼睛四周遮着一圈长而浓的睫毛，睫毛的阴影一直映在眼睛里……

这段文字把一个健康、丰满的少女形象呈现在我们眼前。最值得注意的是形容羊脂球发胖的那一句"十个手指头儿也都是肉鼓鼓的，丰满得在每一节小骨和另一节接合的地方都箍出了一个圈"。一般作家在写人肥胖的时候，往往会把着眼点放在脸部或者腰部，从手指节骨眼上下笔的却几乎没有。莫泊桑用最小的着眼点，最贴切的比喻（"简直像是一串短短儿的香肠似的"）把一个肥胖却不失美妙的少女刻画了出来，使这个形象具有不可替代性。

还有如"睫毛的阴影一直映在眼睛里"一句，既写出了羊脂球睫毛之长，又写出了她眼睛的大与清澈。而眼睛的清澈往往是心灵纯净的映射，莫泊桑这句话一语三关，既赞外貌又赞心灵，相当巧妙。

这段夸张性的外貌描写也起到了推动情节的作用，极力描述羊脂球的美好，为后文写到普鲁士军官的纠缠埋下了伏笔。再有，就读者内心而言，这种写法会让人觉得这样一个美丽的女子被糟蹋实在可怜，增加了读者对于那些无耻之徒的憎恨。

出色的外貌描写还有如《魔鬼》中对拉贝太太的描写：

> 拉贝太太是一个熨衣女工，还附带陪伴本地和附近一带死人以及垂死的人。只要把她的主顾们缝进永远钻不出来的被单后，就又拿起她的烫活用的熨斗。她干皱的面孔像一只陈年的苹果……腰背佝偻，仿佛因为永无停歇的烫衣动作而折成了两截。

先从她的职业谈起，再讲到她的外貌，"只要把她的主顾们缝进永远钻不出来的被单后，就又拿起她的烫活用的熨斗"一句看着平淡无奇，仔细揣摩却大有深意。她一完成看护任务"就"

投在工作上，可见她是何等的视钱如命，而似乎是为了佐证这一点，莫泊桑直白地说她腰背佝偻，"仿佛因为永无停歇的烫衣动作而折成了两截"。

这句话既佐证了上文的猜测，又给人一种阴森恐怖之感，从体形上说，一个几乎从腰部被折成两截的人是丑怪的，她刚一出场，就被染上了魔鬼的色彩。

成功的外貌描写还有《菲菲小姐》中的一段：

……是一个金黄头发的小矮个儿，对士兵傲慢粗暴，对战败者冷酷无情，性子暴躁得像火药一样。自从他进入法国以后，他的同事们一直叫他菲菲小姐。给他起这么一个绰号，一是因为他身材纤细，漂亮的身段看上去就像用了女人的紧身褡；二是因为他苍白的脸上刚刚长胡子；三是因为他对人对事都表示极端蔑视时，养成了一个习惯，经常使用法国短语"菲，菲"，说的时候还带着一点嘘嘘的哨音。

这一段外貌描写夹杂着对性格、身材、语言方面的考量，展现了一个冷酷无情的侵略者形象，但是他又有一个女人的外号，形成了对比，使这个角色给人的印象更加深刻。菲菲小姐在最后被一位爱国妓女用刀叉刺进了脖子，一命呜呼。除了爱国因子在推动着妓女这样做之外，菲菲小姐对妓女的虐待与欺辱是另一条导火线。

因为有了这一段描写，妓女的这种过激行为也就不那么突兀了。

人物心理描写

莫泊桑的作品中对人物的心理描写是以细腻著称的。他很少大段去写人物内心独白，往往是通过其行为、动作加以表现，注重刻画人物在特定时刻的特定状态来凸显性格。

《魔鬼》中那个快要死去的老太婆也是个十足的吝啬鬼，她为了儿子把麦穗运好，居然不让他来陪自己走完生命最后一段，而是示意他去劳作：

> 诺曼底人的悭吝至死还缠着这个老妇人。她用眼睛和脸上的神情表示同意儿子的意见，催促他去把小麦运回来，宁可她一个人归天。

因为老妇人已经在濒死的边缘了，她很难有别的动作，因此莫泊桑只描写了她的表情——用眼睛和神情催促儿子。我们透过这细微的动作，已经完全可见老妇人内心的煎熬与着急，她恨不得儿子快点出门，心急却无法言说，因此她的内心一定是痛苦不堪的。莫泊桑没有直写其内心独白，却比写了独白更为细腻。

在另一个短篇《洗礼》中，莫泊桑把人焦急的心理通过语言表述了出来：

> 我迎着面跑过去，激烈地叙说着我们的愤慨。他听了满不在乎，
> 也不加快步伐，动作不慌不忙的……

《洗礼》讲述的是一个刚出生的孩子为了接受洗礼，被全身脱光站在冰天雪地里挨冻，而神父却不紧不慢地走过来。叙述者作为一名军医，对这种野蛮的习俗感到不可置信，他疾步冲上去向神父质问，并且催促他走快一点，让雪地里的孩子少受些冻。我们可以看到，两个人的心理产生了巨大的冲突，军医对孩子的担心、对野蛮洗礼习俗的憎恶、对迟到还慢悠悠的神父的愤慨，以及神父自始至终的那副慢悠悠的态度，形成强烈对比，并且将这个对比压缩在两个话轮的短对话中，更是增加了力度。

莫泊桑不少直接的心理描写也很成功。《一个真实的故事》主要描写了一个女仆被主人侵犯怀孕后爱上了主人，但是她的主人却一心想要甩掉这个包袱，硬生生把她嫁了出去，最后女奴惨死的故事。小说中，女奴发现自己怀孕之后异常兴奋：

> 她拼命地吻我，高兴得手舞足蹈，不停地像发疯一样地笑着。当时我什么都没说，但是到了夜里我冷静地思考起来，我想着："这下

糟了！不过事已至此，只有躲过这一关，一定要抓紧时间，和她一刀两断！"

　　本篇小说是经由主人的口进行叙述的，在叙述中，女仆的兴奋被体现得淋漓尽致，而主人自己却很"清醒"，他认识到这是一桩丑事——他侵犯女仆。这里采用直白的心理描写，把主人的自私与残酷写得很露骨，而且这是主人在聚会上公开向别的贵族讲述自己的情感经历，他没有丝毫隐瞒地剖析自己的心理活动，而其他的贵族纷纷表示赞同，且最终听到那个女奴已经惨死之后，大家都表示不能"摊上这种女人"。莫泊桑不需要再置一言，贵族群体的丑恶嘴脸已经跃然纸上。

　　莫泊桑小说中出色的心理描写还有很多，如玛蒂尔德（《项链》）"深感自己天生丽质，本当身披绮罗，头佩珠玉，如今熬在清贫的日子里，不胜苦涩"。看见家里的布置，她想有"宽敞的客厅""各种奢华的装饰"。

　　这里具体描写了玛蒂尔德爱慕虚荣的内心世界，将一个女人渴求奢靡与地位的心理表现得惟妙惟肖，也为下文的借项链参加教育部长家的舞会提供了依据。

　　《我的叔叔于勒》中当菲利普一家看到于勒变成乞丐后，菲利普"来回走动了几步"，"脸色变得煞白，眼色慌乱"。而菲利普太太则是"十分吃惊","她在颤抖",并且在之后"突然愤怒了起来",开始大声责骂菲利普,诅咒于勒。几笔便将菲利普夫妇心里的不安与惶恐刻画了出来,同时仔细品味,不难发现里面还包含有一种希望落空的无奈与苦涩。亲情血水都被埋藏在金钱的罪恶之下,莫泊桑用手中的笔,对人情淡漠的资本主义社会进行了深入的批判。

景物描写

莫泊桑的小说优美动人,虽然他揭露的多是社会的恶浊现象,但是总给人一种诗化的沉醉。这除了因为他的法语精炼纯粹,是"法语的一泓清泉"之外,更大程度上是因为他的小说中往往会插入几段景物描写。这几段景物或渲染大自然的美好,或衬托气氛,恰到好处地起到了冲淡、平和的作用。

莫泊桑对自然景物的观察非常细致,这与他早年在诺曼底乡间生活的经历有关,乡间优美如画的景致给他留下了深刻的印象,也成为莫泊桑日后文学创作的 大题材。

成功的景物描写有如《幸福》的开头:

现在正是掌灯前喝茶的时候。居高临下的别墅,俯瞰着大海;已经西落的太阳留下一片好像涂上金粉似的通红的天空；地中海——波平如镜的地中海，在夕阳余晖的照耀下仍旧闪闪发光，宛如一块巨大的金属板面，无比的光滑平坦。

翘首远方,锯齿形的群山在暗红色的晚霞里显出它们黑魆魆的身影。

这是公认的经典之笔。莫泊桑选取了一个俯瞰的视角——居高临下的、莅临地中海的别墅，目光从上而下——先由"涂上金粉似的通红的天空"联想到太阳已经西落，再把目光转向天空下的大海。在这里，大海与天空实现了视觉上与心理上的对接，人的眼光变得高远，而在这时候，莫泊桑引导读者"翘首远方"，看见了"锯齿形的群山"。暗红色与黑色在这里实现了色彩上的对接，晚景的迷人、视野的开阔，连带着人的心情也开始向无限广阔的空间超越。

莫泊桑通过一种引导式的笔触，有条不紊地将海天与群山映现在我们脑海里，真可谓是善写大景者。

而莫泊桑对小景的刻画，更是丝丝入扣。如《俘虏》一文的开头有一整段景物描写：

除了雪下在树上轻微的簌簌颤动外，森林里没有任何一点别的声音。雪从中午就开始下了，细小的雪粒在洒下像泡沫似的冰凇，将灌木丛的枯叶盖上一层薄薄的银色罩盖，在道路上形成一幅又白又软广

只为遇见
ZHI WEI YU JIAN

阔无边的沉寂景象。

从写雪落在树上发出的轻微颤动为切入，衬托出森林之寂静，"泡沫似的冰凇"一语便将雪粒的轻盈写得惟妙惟肖，这种静谧而安宁的环境将读者的心境导向平和冲淡，放下心中原本的紧张期待，转而沉醉在莫泊桑精心营构的景致里。而在这样的景致下，却伴随着激烈的矛盾冲突——贝蒂娜和她的父母住在森林里（他的父亲是森林看守员），有一次，他的父亲没有在家，一小队普鲁士军来到了这里，威逼贝蒂娜，并要求为他们提供休息场所。贝蒂娜稳定了他们以后，设计将他们关入地窖，接着通报法军，将他们统统俘虏。

这段静谧的环境描写既起到冲淡的作用，又起到对比的作用——在如此美好的法兰西大地上，却有战争发生，这是何等令人痛心的事。

还有如《两个朋友》开篇的描写：

春天的时候，上午十点钟左右，朝阳照在平静的水面上，使得水面飘起一层薄薄的雾气，随着水流轻轻地浮动。和煦的阳光也把它的热力射向这两个钓鱼迷的脊背，使他们感到暖洋洋的，异常舒服。

……到了秋天，白昼将尽的时刻，夕阳将天空照得通红，绯红色的云彩倒映在水里，把水面染成一片绛紫色。天际像着了火似的，将两个朋友笼罩在一片红光中。大自然已经预感到冬天的肃杀，正在簌簌发抖的枯黄的树木也被镀上了一层金色。

《两个朋友》写的是两个以钓鱼为乐的普通公民，在面对敌人的逼迫时死守口令最终牺牲。他们四季都在一起钓鱼，从春天写到秋天，每一个句子都给人一种唯美的触动，表达了作者对法国大地的无尽热爱。

而最后一句"大自然已经预感到冬天的肃杀"，从字面上看是沿顺着上文的思路往下讲，实际上却是暗示两个人即将遇害，起到推动和暗示情节的作用。与下文的两人被沉尸河底作铺垫，唯美的画卷与惨烈的构图形成激烈冲突，批判了普鲁士军队的滥杀无辜。

《壁橱》中的景物描写，则是以个人感受为出发点，再进行生发：

因为那天正下雨，是那种阴绵绵的细雨，能同时沾湿人的精神和衣服，它不是倾盆大雨，不像瀑布似地倾倒下来，让气喘吁吁的行人极为迫切地跑到大房子的门底下躲藏；所以，这种使人无所适从几乎看不到雨点儿的毛毛细雨，向行人的身上飘过来，不久，一层冰凉而有渗透力的苔藓状的水分就在衣服表面形成了。

为了形容"阴雨绵绵"，莫泊桑先是笼统地说它能"同时沾湿人的精神和衣服"，因为人们不会因为这样的雨而去躲避，因此雨能淋在身体上，但是雨丝太小了，人没有感觉，而只有在雨中漫步良久，衣服上才会出现"冰凉而有渗透力的苔藓状的水分"。这里连用三个形容词，不显拖沓而显妥帖，足可见作家功力之深厚、观察之细致。

三

自然主义的继承与反拨

对自然主义的继承

莫泊桑对自然主义的继承主要体现在客观冷峻的情感处理上，即情感的隐藏。

将情感隐藏当作一种写作技法有如下考量：首先，莫泊桑师从自然主义的先驱福楼拜，也学了福楼拜客观冷峻的叙述方式，因此自然而然地形成了一系列技法；其次，这些技法多而乱，并且大部分技法不具备典型性，无法对其进行逐一定义，只能总括地谈论；其三，"情感隐藏"虽然更多的是一种写作态度，但是这种态度直接导致了大部分技法的形成，因此只需要提纲挈领地抓住"情感隐藏"这条主线，就可以概括出繁多的技巧，这些技巧虽然各不相同，但总体都是指向了自然主义的客观冷峻。

莫泊桑曾说：

在我看来，心理活动是应该隐藏在书本当中的，正如在现实中是隐藏在存在中的事实下的。这种方式构思而成的小说会有趣味，有动作，有色彩，有生活的活跃气息。

所以，莫泊桑从来不让自己在作品中出现，在心理描写时总是以作品中人物本身为出发点。他的文章中几乎找不到平铺直叙的说教，其创作最大特点就是善于隐藏情感——他从来不告诉你他所写的究竟反映了什么，因为他想要读者自己判断、思考。这种写法的好处在于情节性、故事性更强了，比那些平铺直叙的陈述和冗长的说理更耐人寻味。

在《羊脂球》中，他没有直接告诉我们羊脂球的心灵美，可是我们对于她的善良却体会深刻。这是因为作者在刻画羊脂球的同时，也将她周围的一批身居社会上层但丑陋粗鄙的人物刻画得惟妙惟肖。

且《羊脂球》中通篇都没有细致地描写羊脂球的心理活动，也没有阐述那些上层人的想法和心思，作家只是恰到好处地直接描写了她的部分语言。她在拒绝敌人的无理要求时，怒气冲天地说：

去告诉这个无赖，这个下流东西，这个普鲁士臭死尸，说我绝不能答应，听明白了？绝不，绝不。

这种个性化的语言非常符合羊脂球的身份，也很符合当时的语境，作者不需要现身说法，因为羊脂球已经通过话语展示了自己的愤怒。

羊脂球的喜与乐、哀与愁、委屈与愤怒都是通过她的一举一动展现。作者已经不需要再加入任何解释性语言，因为她的一切遭遇和感受，我们已经深深体会到了。

再如在《两个朋友》中，开头只有三句话，没有罗列材料的描写，几句简洁的说明，便勾画出背景。随后人物出场，三言两语描画出他们的身影和爱好，让读者领会到他们的亲密。不料他们在钓鱼时碰到了德国兵，被当作间谍枪毙并沉尸河底。他们钓到的鲈鱼成了德国人的盘中餐。

作者无一字点评，可是通过对这两个普通法国人和平生活受到侵扰，而且惨遭杀害的经过，对侵略者的谴责尽在不言中。

对自然主义的反拨

上文已多次提及，莫泊桑是师承自然主义先驱福楼拜的，他很自觉地传承了福楼拜的自然主义创作手法。他不但自觉将情感隐藏了起来，而且其视角从来不是"上帝视角"，相反的，莫泊桑缩减了作者的所知范围，局限于角色内部，即不超出某一角色的认知范围，以此为基础进行叙述。

这种写法能给读者一种身临其境的感觉。作品中没有一个先知式或以说教为己任的叙述者，读者的感知也就会局限在小说主人公的视角之内，这种方式促成了读者与小说人物的交融。

其实这种类似的手法并不少见，如著名作家陀思妥耶夫斯基的《罪与罚》，更是行其极端——作者的叙述视角不但局限在主人公身上，更有一种有意的视角缩小。也就是说，有时候陀思妥耶夫斯基的叙述视角甚至会小于作品内部的人物，作者对故事的发展甚至不如作品中的人物清楚，他"掌控"不了笔下的人物。这给人一种扑朔迷离的感觉，再加之其作品本身所具有的极度冷峻而深入的犯罪心理分析，更是给人造成了一种陌生化的审美体验——这就是我们读陀思妥耶夫斯基的作品，往往会有晦涩感的原因。

可以说，陀思妥耶夫斯基的一些作品，继续发展了自然主义创作，但是在莫泊桑身上，却出现了对自然主义的反拨。

自从19世纪30年代批判现实主义文学诞生以来，其内部也发生了诸多的流变。一般将1830年—1871年的文学创作称为早期批判现实主义作品。这一时期的作品与浪漫主义仍然有一定瓜葛，批判锋芒异常尖锐，剑锋直指资本主义社会中不合理的状况。代表作家有巴尔扎克、司汤达等人，他们的作品批判力度都是入木三分的。

在1871年巴黎公社革命之后，后期批判现实主义出现了分化，有一支继续沿袭前期的锋芒。另一支却走上了自然主义的路子，开始追求自然的真实，对艺术真实的重视有所削弱，且保持着客观冷峻的写作态度，思想性隐晦，自然也就少了前期批判现实主义的那种锋芒。自然主义作家以福楼拜为代表。

自然主义作家之所以与早期批判现实主义作家区分开，关键就在于作品中是否有很明显的主观情绪，是否有作者主动给出的点拨。早期批判现实主义作家具有更强的社会责任感，为了让读者的思想得到提升，往往在作品中有一个主动点拨的过程，而自然主义作家却开始怀疑自己点拨的正确性，转而让读者自行体会。

姑且不论莫泊桑对自然主义反拨的正确与否，既然有反拨，那就必定有新的追求，莫泊桑的身上体现了一种自觉的对早期批判现实主义的复归，也就是说，他的作品逐渐开始有较多的情感流露。这里最为明显的表征就是——莫泊桑在评价一个人时，会直接定以"好""坏"之类的词。

在福楼拜的创作理念之中，这是绝对不允许的，因为对作品中人物的品评应该留给读者。如果作家在里面插话下定论，那就是表露了自己的主观情绪，违背了客观冷峻的创作方针。

从莫泊桑一生的创作来看，他早期的作品如《羊脂球》等，里面绝不会出现这样品评人物好坏的句子，而到后来，短篇小说像《小酒桶》《魔鬼》等，甚至于长篇小说《漂亮朋友》《一生》中，都出现了主观品评。为此可以下结论，莫泊桑在创作的过程中有一个自我适调，这种适调在自然主义的创作中显出了一定的锋芒，这正是早期批判现实主义作家所具有的特色。

我们可以先看看作家在创作中进行的尝试。在《小酒桶》的开头就是一段人物形象描写：

……希科大叔，把他的轻便马车停在了玛格卢瓦尔老婆婆的农庄前。这个身高体壮的大汉四十左右年纪，他满面红光，大腹便便，是个公认的诡计多端的人。

讲完了希科大叔的外貌，紧接着加了一句"是个公认的诡计多端的人"，要注意这里的"诡计多端"是为人所"公认"的，因此一下子将人物的好坏给定论了。因此他下文提出诸多条件，表面上看是为老婆婆好，可是在一种先入为主的评价下，读者就会转而思考其居心。

类似的下定论还有《真实的故事》里：

第二天天一亮，那个小伙子就来找我了。我已经记不起他的面孔，但一看到他我就放下心来，在乡下人中他算长得不错的了；不过一眼看上去就知道他不是个善良之辈。

也是在最后一句下定论，读者在此会将心悬起来——将女奴嫁给这个男人会发生什么呢？一定不会是好事的。而在下文，果然女奴被折磨致死，嫁妆也被这个人占有。读者因为事先的心理准备，不会觉得突兀，但却更能激起愤怒。

再有，如长篇小说《漂亮朋友》中，对主人公杜洛瓦的外貌描写也几乎是一锤定音：

他尽管穿着一套仅值六十法郎的衣裳，但那身令人刮目相看的帅气却依然如故。不错，这种帅气未免有点落俗，但却货真价实，毫无虚假。他身材颀长、体态匀称，稍带点红棕色的金黄色头发天然卷曲，在头顶中央一分为二。上唇两片胡髭微微翘起，仿佛在鼻翼下方"浮起"了一堆泡沫。一双蓝色的眼睛显得分外明亮，可是镶嵌在眼眶内的瞳孔却很小。这副模样，跟通俗小说中的"坏人"毫无二致。

因《漂亮朋友》不属于短篇小说，故不对此进行分析，但是最后一句的定论仍然有一种早期批判现实主义的影子。

自然主义是在作家们对自己给出的点拨受到怀疑的情况下应运而生的，而莫泊桑作为自然主义的传承者，却从来没有承认过自己是自然主义作家，甚至无论在长篇小说还是短篇小说中都流露出一种对人物的品评意识，这种意识是对自然主义的反拨，是早期批判现实主义的复归。

这种复归从小了说，是莫泊桑对自己写作技法与写作态度的一种调整，往大了来说，却代表了作家一种"给出点拨"的愿望。虽然从总体来看，莫泊桑的小说仍旧是隐藏情感的，是客观冷峻的，但这种复归的力量却是不可忽视的，它表明了作家对于中立性写作态度的思辨，转而侧重去把握一个有血有肉有情感的、有好有坏的现实社会，偏重于在隐忍中抒发主观情绪，在冷峻中给出品评，在自然主义中给出隐晦的点拨，在优美的行文中体现出社会责任感。

有人说，世界文学缺少莫泊桑的长篇小说并没有什么遗憾，但是如果缺少了他的短篇小说则是世界文学宝库的最大损失。莫泊桑先将读者的视角引向小说人物，再将读者的精神视野引向无限高远的地方，获得来自文本之外的诗化的沉醉，这正是莫泊桑的伟大之处。

莫泊桑的短篇小说创作使他在世界文学史上获得了崇高的地位，屠格涅夫认为他是十九世纪末法国文坛上"最卓越的天才"，而左拉评价他的作品"无限地丰富多彩，无不精彩绝妙，令人叹为观止"。这些评价并不为过。

《雪国》的物哀
与唯美

《雪国》是川端康成的第一部中篇小说，也是他唯美小说的代表作。瑞典科学院在1968年度诺贝尔文学奖的颁奖词里说："在《雪国》这部小说中，我们可以发现作者冷艳的插话里闪烁的光辉，卓越而敏锐的观察力以及具有精雕细琢的神秘价值。"

《雪国》情节非常简单，明了得就像纯白的积雪：东京一位名叫岛村的舞蹈艺术研究家（算是个伪学者），三次前往雪国的温泉旅馆，与当地一位名叫驹子的艺伎、一位萍水相逢的少女叶子之间发生的故事。小说从第二次会面时岛村前往雪国开始写起，并通过岛村的回忆，再现与驹子的初会，而后自然过渡到第三次相会。整篇小说并没有波澜起伏的情节，男女主人公也没有旷世刻骨的爱情，除了结局处叶子为救困在剧场里面的孩子不慎从二楼坠落算是一个高潮之外，再无其他大起落。

因此，读《雪国》不是看情节，应该用心去解读川端先生文字深处的密码。在那小小的温泉旅馆中，蕴含着的是凄美，是温存，是脉脉的情愫，是虚无的爱恋，更是浓得化不开的物哀。

物哀这个文学概念来自日本，简单地说，是"真情流露"。人心接触外部世界时，触景生情，心为之所动，有所感触，这时候自然涌出的情感，就是物哀的体现。日本女作家紫式部的《源氏物语》中，就很好地体现并发展了这个美学概念。

川端康成对于美有一种执着的追求，他继承了紫式部对于物哀的理解。《雪国》通篇弥漫着一种日式的古典美，无论悲戚或是欣悦，一切的一切都终归于唯美。值得一提的是岛村这个形象。从某种意义上来说，他只是一个旁观者。无论是从驹子与三弦琴师傅之子行男的婚约，还是从叶子与驹子的复杂关系来看，岛村都是一个外来者。他与驹子的幽会，保持着艺伎传统的"按时间收费"制度，撇开双方投入的感情因素不谈，他们之间存在着一种明朗的关系——买卖。的确，岛村也并未介入驹子、叶子、行男三人的感情纠纷，一切都通过他的眼睛进行再现，并以岛村的思维进

行解读之后，才呈现在读者面前。从这个角度来看，岛村这一角
色是不可或缺的。

就像《红楼梦》中，林黛玉进贾府这一章，便是通过黛玉敏
感而细腻的眼睛，将整个贾府呈现在读者面前，这在书中也是一
个极重要的情节单元。《雪国》与此也有异曲同工之妙。这种写法，
从一开始就带有了很强的情感色彩。岛村是一个相当矛盾的人。
他一方面颇为悲观，认为一切都"只是徒劳"，驹子的纯洁之美，
叶子的凄艳之美，雪国的秀美山川，温泉旅馆的温存，甚至艺伎
的生存，在他看来，一切的一切都不能永存，都是"徒劳"而已——
一方面又极度敏感，他能发现不一般的美，能找寻出一般人难以
发现的真美。

第一章中，岛村透过开往雪国列车的玻璃窗，看着倒映在上
面的叶子美丽的眼睛时，这种敏锐的感觉就已经跃然纸上了：

　　灯火就这样从她的脸上闪过，但并没有把她的脸照亮。这是一束
从远方投来的寒光，模模糊糊地照亮了她眼睛的周围。她的眼睛同灯
火重叠的那一瞬间，就像在夕阳的余晖里飞舞的妖艳而美丽的夜光虫。

通过这种悲观却敏感的眼光再现的，就是这样一个物哀的雪
国。

　　岛村是善于感动的，也很善于抒情。这种多愁善感的性格，糅合着他的所思所想，带着雪国的风光以及美好的人儿，一同暴露在读者面前：

　　　　山头上罩满了月色，这是原野尽头唯一的景色，月色虽已淡淡消去，但余韵无穷，不禁使人产生冬夜料峭的感觉。……盈盈皓月，深深地射了进来，照亮得连驹子的耳朵的凹凸线条都清晰地浮现出来。

　　这些景物描写，完全是从岛村的角度出发，浸透着岛村的主观情绪，同时流露出淡淡的哀愁，这与物哀是相通的。物哀并不是直观的，而是靠情绪、想象力去感受自然，在欣赏自然景物时潜藏着一种哀愁厌世的情绪，留有诗韵，包含无常的哀感和美感。
　　我以为，岛村这个形象，即是川端先生的自画像。作为新感觉派小说家，这种写法是不罕见的。川端康成两岁丧父，三岁丧母，七岁祖母亡，十五岁时祖父亡，他是"精通葬礼的人"，从内心深处透发而出的是浓郁的孤独。如此环境下长大的他，注定是消极悲观的，他看到了生命的脆弱，也就自然而然地生出这般感慨：一切都只是徒劳罢了。岛村与川端的心境是有契合之处的。这种内心的感伤，流泻在文字里，就是最真切的物哀。
　　单从生活习惯上看，他们也有很大的相似性。川端先生一生爱旅行，而小说中的岛村，也是"无所事事，要唤回对自然和自己容易失去的真挚感情，最好是爬山。于是他常常独自去爬山"。

再者，川端无疑是极敏感的。他在随笔散文《花未眠》中写道："凌晨四点，我发现海棠花未眠。"这是一个文人特有的敏感，是一个出色作家灵魂深处独有的细腻。在他的名作《古都》中，川端先生以敏感的笔触，将古都那些神社佛阁、工匠荟萃的古老街道、庭院建筑、植物园内种种风物，予以精心描绘。从樱花盛开的春天到白雪纷飞的冬季，一切美景，通过敏感的心灵汇聚到笔尖，这种敏感就是使作品充满诗情画意的源头。川端的敏感与岛村一拍即合。雪国中的写景、叙事，虽然是从岛村的角度出发，但其实是川端先生内心深处的情感释放。真正的局外人不是岛村，而是川端康成。他看着在温泉旅馆上演的一幕幕情境，发出了独有的叹息。这叹息，便是物哀。

《雪国》不仅是物哀的，也是唯美的。

唯美是川端康成永恒的笔调。《雪国》第一章，看到叶子从车窗中探出身子的那一刻，读者就已经被其中的唯美吸引住了：

> "站长先生，我弟弟还没出来吗？"叶子用目光在雪地上搜索，"请您多多照顾我弟弟，拜托啦。"她的话声优美而又近乎悲戚。那嘹亮的声音久久地在雪夜里回荡。

我始终不清楚，那"优美而又近乎悲戚"的声线到底是怎样的，但却本能觉得那是日本女性传统的美。这样的雪国里，漫天的风雪中，列车、少女、群山、灯光相交织，构成了一幅难言的唯美画卷。川端先生用平静的笔调，向我们展现了这样一个雪国，闭上眼，雪国就在眼前。

对于女主人公驹子的刻画，更能体现川端康成的唯美倾向。

即使驹子只是个艺伎，即使她与男主人公的幽会中仍然保持着"按时间收费"，但是她却是那么美好，那么洁净，这个在雪国长大的少女，带有雪国的温婉与纯洁。岛村第一次见到驹子的时候，就被她的洁净所折服：

约莫过了一个钟头，女佣把女子领来，岛村不禁一愣，正了正坐姿。女子拉住站起来就要走的女佣的袖子，让她依旧坐下。女子给人的印象洁净得出奇，甚至令人想到她的脚趾弯里大概也是干净的。岛村不禁怀疑起自己的眼睛，是不是由于刚看过初夏群山的缘故。……只穿一件合身的柔软的单衣。唯有腰带很不相称，显得很昂贵。这副样子，看起来反而使人觉得有点可怜。

驹子的出场平静而自然，但是也只有这样的出场，才符合她

　的美，她的洁净。对于和岛村的关系，驹子投入了比较深的感情，在她看来，岛村最初见到她时，并不把她当作艺伎看待，而是把她当作朋友，她能感受到岛村对自己的尊重。就是因为这样简单的理由，驹子便爱上了岛村。不得不说，驹子很天真，很可爱。

　　作为年轻女性，驹子代表着的的确是唯美，尽管这种唯美有些不真实，有些虚无的色彩在里头，但却是很传统的"日本的美"。

　　当唯美与物哀相糅合，当唯美的物哀与温婉的雪国，与小小的温泉旅馆交织在一起，一种"难以言喻的极致的美感"便在作家笔尖缓缓流淌。我爱川端的文字，便是被这般凄美所打动吧。

模仿与
超越

—— 《最后的常春藤叶》
文本再解读

▼
MO FANG YU
CHAO YUE

《最后的常春藤叶》是短篇小说巨匠欧·亨利的代表作之一。欧·亨利善于表现社会底层民众的生活，表达对小市民的同情。其短篇小说更是因曲折多变的情节和"欧·亨利式结尾"而广为人知，被誉为美国现代短篇小说的创始人。

自从《最后的常春藤叶》入选我国高中语文教材以来，对其进行的文本解读就从来没有止息。笔者发现，大多数的文本解读都将侧重点放在小说人物的精神层面。总的来说有这几个主题："精神超越死亡""信念决定生命""为了他人而自我牺牲"。

诚然，这些解读是正确的，但作为一篇成功的短篇小说，《最后的常春藤叶》中的人物塑造有比精神更直观的一面，即外貌层面；其中的自我牺牲，也有更具象化的一面，即爬上墙头画画。这两个基本的层面，却往往为人所忽略。本文试图从贝尔曼的外貌、行动切入，探析其深刻内蕴，品味全文带给人的独特超越感。

1

贝尔曼形象分析

在小说中，有一段专门刻画贝尔曼外貌的文字，现摘录于下：

老贝尔曼是住在楼下底层的一个画家，年纪六十开外，有一把像米开朗琪罗的摩西雕像的胡子，从萨蒂尔似的脑袋上顺着小鬼般的身体卷垂下来。贝尔曼在艺术界是个失意的人，他要了四十年的画笔，仍同艺术女神隔有相当距离，连她的长袍的边缘都没有摸到……他喝杜松子酒总是过量，老是唠唠叨叨地谈着他未来的杰作。此外，他还是个暴躁的小老头儿，极端瞧不起别人的温情，却认为自己是保护楼上两个青年艺术家的看家恶狗。

　　读了这段文字，一般人会觉得很奇怪：贝尔曼为什么认为自己是别人的"看家恶狗"？就算是表达一种保护欲，但这样的形容是否太过了？其实，本段的"眼"就在于开头的几个比喻句，这几个比喻句用了典故，这些典故是解开疑惑的关键所在。

摩西雕像的胡子

　　摩西是古代的著名先知。《出埃及记》中记载，摩西受耶和华之命，率领被奴役的希伯来人逃离古埃及，前往一块富饶之地——迦南地。在摩西的带领下，希伯来人摆脱了被奴役的悲惨生活，学会遵守"十诫"，并成为历史上首个尊奉单一神宗教的民族。

　　米开朗琪罗的著名雕塑摩西，是以"十诫"为出发点而雕塑的。据说"十诫"中有一诫"不准崇拜金钱"，这是总结古埃及人堕落之后得出的教训。但是摩西的兄长亚伦却是拜金主义者，他集民间金器铸金牛让子民膜拜，使以色列人堕落。摩西立即下令将崇拜金钱者杀死，其中包括他的兄长。处决了大部分人之后，他将手中的十诫法板扔到西奈山下，愤怒地说："你们不遵训诫，要它何用？"这就是典故"摩西式愤怒"的由来。

　　米开朗琪罗紧扣住这一典型瞬间的摩西情态，将摩西的长胡须当成重点刻画对象，他一手持着长须，胡须的动势显出其内心的激愤。明白了这些，我们就能揣摩到欧·亨利看似简单的一笔实则意味深长。他赋予贝尔曼"摩西式的愤怒"是用心良苦的，那他为何愤怒呢？小说开篇就花重笔墨写了"艺术区"的窘境，其实就与贫民区无二：

> 不少画家就摸索到这个古色古香的老格林尼治村来了。他们逛来逛去，寻求朝北的窗户、18世纪的三角墙、荷兰式的阁楼，以及低廉的房租。然后，他们又从第六街买来一些锡蜡杯子和一两只烘锅，组成了一个"艺术区"。

可见在那个时代，艺术是被冷落的，艺术家是处在社会边缘的。

摩西因人们崇拜金钱、背叛训诫而愤怒，而贝尔曼的愤怒则因艺术被边缘化。贝尔曼摩西式的胡子，象征了一个老画匠对不重视精神财富的社会的愤怒。

萨蒂尔似的脑袋

古希腊神话中的萨蒂尔，是半人半兽的森林之神、牧神，是长有公羊角、腿和尾巴的怪物。他耽于淫欲，性喜享乐，是一个色情狂，但更多的则是一个无赖式人物形象。在古希腊神话中，半人半兽的牧神是创造力、音乐、诗歌与性爱的象征，同时也是恐慌与噩梦的标志。后被认为是帮助孤独的航行者驱逐恐怖的神。

欧·亨利之所以取这个比喻，是想要表明贝尔曼身上既有"狂徒"的特点（如酗酒等），又有无赖的特质（如"极端瞧不起温情"），不过更多的是想表明，老贝尔曼虽然在艺术上是个失意者（耍了四十年的画笔，仍同艺术女神隔有相当距离），但却是不折不扣的艺术虔诚者，是帮助像琼珊那样的青年艺术家驱逐恐惧、冲破困境的引路人。

正是因为贝尔曼具有保护者的特质，才会为生病的青年艺术家无私付出，也正是因为他身上的无赖特质，最后一句才会直言不讳自己是"看家恶犬"了。这反而显出其率真可爱的特点。

2

模仿

从艺术史角度来看，模仿是人类最早的艺术活动之一。

德谟克利特认为，人在艺术中模仿自然，如在织布时模仿蜘蛛，建房时模仿燕子，唱歌时模仿夜莺等。显然，将艺术简单地归为模仿是不全面的，因为艺术还需要"再现"，还需要"创作"——

但模仿的确是艺术的一个重要组成部分。

从某种意义上说，老贝尔曼这辈子在做的事情，都是模仿。

他老是说要画一幅杰作，可是始终没有动手，除了偶尔涂抹了一些商业画或广告画以外，几年来没有什么创作。他替"艺术区"一些雇不起职业模特儿的青年艺术家充当模特儿，挣几个小钱。

贝尔曼的房间里有一块白色的大画布，但是那么多年从来就没在上面画过一笔。他替广告商画画本质上是一种模仿，为一些青年艺术家当廉价模特，即是为他们提供模仿的对象。总之，欧·亨利用一句话概括了他的境况：几年来没有什么创作。

当艺术家与创作游离，长时间沉浸在模仿的泥淖里，就会产生各种各样暴躁不安的情绪，甚至会磨蚀掉他的创作热情。

老贝尔曼最令人敬佩的一点就是，他始终惦记着他"未来的杰作"，他对待生活虽然多有抱怨，但却一直没有失去生活的信心，也没有失去对艺术的热忱。这与得了肺炎的青年艺术家琼珊形成了鲜明对比。

肺炎不至于夺取生命，琼珊之所以如此悲观，很大程度上是因其求生欲望不强所导致的。这与当时艺术的窘境息息相关，即青年艺术家看不到出路，丧失了活下去的勇气。

需要有怎样的忠诚，才会在这样的艺术窘境里不忘初心？老贝尔曼用他四十多年不厌其烦的模仿，带给了我们答案。他不但

只为遇见
ZHI WEI YU JIAN

在艺术之路上孜孜以求，也想方设法挽救琼珊的性命，其实就是想换回她的求生意志。这种意志来自何处呢？就是对艺术的信心。毫无疑问，贝尔曼做到了——通过那最后的杰作。

其实，那片画到墙上去的叶子也是一种模仿，它属于模仿的最高超境界——赋形夺真。

赋形夺真是宋人提出来的，但是在西方也有类似的例子。在贡布里希的《艺术与错觉》中讲述了这样一个故事：

古希腊画家宙克西斯与巴尔拉修比赛绘画。宙克西斯画的葡萄引飞鸟啄食，而巴尔拉修却只拿出一块帘布。当宙克西斯迫不及待去掀开帘布时，却发现帘布就是画。最终的结果当然是巴尔拉修获胜，因为葡萄只骗过动物的眼睛，而帘布却骗过了人的眼睛。

我们可以认为，骗过人的眼睛是模仿的最高境界。老贝尔曼画的最后一片常春藤叶成功骗过了青年艺术家的眼睛，保留了她心目中热爱艺术的火种。

目

超越

上文已经说过，贝尔曼最后的杰作也是属于模仿的范畴，并没有提升到创作的境界，但是，通过这次模仿，他却带给了年轻画家以生的希望，带给她新生。从这个意义上来说，这又是一种超越了。

欧·亨利为什么要以"常春藤叶"作为切入点呢？因为常春藤叶具有非同一般的内蕴。在古希腊神话中，常春藤代表酒神迪奥尼索斯，是欢乐与活力的象征。后来，尼采将酒神当作艺术的代表。也就是说，常春藤叶就是艺术的具象化。这正是解读《最后的常春藤叶》非常重要的密码，有了这个认知，就会明白琼珊为什么把自己的生命与一片微不足道的叶子联系在一起，又为何能通过那一片叶子找到活下去的动力源泉。

最后的常春藤叶牢牢定在枝头，是艺术火种传承不绝的写照。

贝尔曼通过最后一次轰轰烈烈的模仿，完成了自我的超越，他一直想要的杰作，就是对艺术的孜孜以求，以及为身边的青年艺术家点燃希望。

只为遇见
ZHI WEI YU JIAN

且看小说中的两处描写：

1."她——她希望有一天能去那不勒斯海湾写生。"

2.一小时后，她说："苏艾，我希望有朝一日能去那不勒斯海湾写生。"

当琼珊病重到只有一成希望的时候，她的心事不是"男人"而是"画画"，当琼珊看见在两个风雨之夜后仍然未落的叶子，重新燃起了活下去的欲望，首先想到的还是"去那不勒斯海湾写生"。将这两处结合起来看，我们不难理解：在琼珊的心中，艺术实现了对生命本质的超越。先前叶子的飘零恰如艺术之花的凋落、艺术命运的沦落，这才让琼珊痛不欲生。

于是，在对艺术的虔诚上，青年艺术家与老年艺术家实现了某种对接，两人的超越都侧重于艺术灵魂的裁剪，侧重于对气韵生动的精神宇宙的把握。欧·亨利通过这个短篇，将批判的视角投向了现实，对只重物质而不重精神的社会进行了辛辣的批判。

八咏楼与宋代诗歌

八咏楼自建造以来，就被赋予一种极为特殊的文化内蕴。建造者沈约是一代大文学家，他为此楼写下不少诗篇，其中的《登玄畅楼》，历来被认为是咏楼诗之经典。他在此基础上又增写了七首诗歌，合称为《八咏》诗。楼因诗而得名，也因诗与文人气质联系在了一起。历代登过八咏楼的文人多有赋诗之举，因此留下了诸多脍炙人口的名篇。据不完全统计，从南朝至宋朝，诗词歌赋有几百首之多。这些诗词歌赋极大地提升了八咏楼的文化内蕴，同时也丰富了中国的文学宝库。因此，八咏楼是一座文化之楼，

　　而这些诗作，都可以称为八咏楼诗歌。

　　靖康之难后，李清照避难金华，登八咏楼，写下了《题八咏楼》，她心系苍生、忧国忧民的胸襟一直影响着后人。南宋唐仲友、谢翱等诗人都曾慕名前来登临题咏。宋代的八咏楼诗歌数量巨大，文学价值较高，且与历代的社会主流思想、社会变迁、国家兴亡紧密联系在一起，具有重大文学价值和史学价值，值得仔细推敲研究。

1

宋代与唐代八咏楼诗歌对比

唐代八咏楼诗歌的风格

　　唐代的八咏楼诗歌，多赠别怀古之作，而宋代八咏楼诗歌的题材则更多地转向了说理。

　　崔颢的《题沈隐侯八咏楼》是与他的《黄鹤楼》一起被看成登楼诗的名篇。诗曰：

　　　　梁日东阳守，为楼望越中。

> 绿窗明月在，青史古人空。
>
> 江静闻山狄，川长数塞鸿。
>
> 登临白云晚，流恨此遗风。

　　首联追溯历史，颔联写绿窗之中明月尚在，而昔人已去，与另一首名作《黄鹤楼》中的首联"昔人已乘黄鹤去，此地空余黄鹤楼"有异曲同工之妙。此句气势磅礴，笔力澎湃，句到末尾而力依然雄健，对仗颇工，为难得的佳句。在此处，诗人想要传达的是自己旷远的心胸以及对沈约的怀缅、敬仰之情。整首诗虽有"江静闻山狄，川长数塞鸿。登临白云晚，流恨此遗风"这样几句显得颇宁静祥和的诗句，但是纵贯古今的思维使得全诗有了无与伦比的时间感。登楼远眺，一切尽收眼底又赋予了此诗巨大的空间感，因此总的情感是偏向豪迈的。

　　其他的唐人题八咏楼诗也多如此，送别诗虽有对友人惜别之情，但也与美景糅合。有些送别诗还包含着对友人的劝勉与鼓励，体现了一种比较开朗豪迈的大唐诗风。如晚唐诗人方干有《送婺州许录事》：

> 之官便是还乡路，白日堂堂著锦衣。
>
> 八咏遗风资逸兴，二溪寒色助清威。

只为遇见
ZHI WEI YU JIAN

曙星没尽提纲去，暝角吹残锁印归。

笑我中年更愚僻，醉醒多在钓渔矶。

诗人劝慰好友许录事，八咏楼和双溪都是极不多得的美景，借用了沈约八咏的典故，"八咏遗风资逸兴"，劝慰友人婺州自古以来就有八咏的遗风，有一股天然的文人气息，人杰地灵，不必太伤怀。"曙星没尽提纲去，暝角吹残锁印归"。诗人又劝勉好友，若仕途不通还可隐居，毕竟在婺州如此美妙的风光中隐居也是一种享受。

最后两句，诗人自嘲愚僻，"醉醒多在钓渔矶"。一种飘然、洒脱的豪迈之情便跃然纸上了。

可见，无论是赠别还是怀古，大唐的八咏楼诗歌都是潇洒昂扬，虽也有不少幽思难收的精巧之作，如许浑的《送客归兰溪》等，但是此时的登楼诗还是与时代相联系的。在大唐气象笼罩下的八咏楼诗歌，注定也是豪迈的，乐观向上的。

宋代八咏楼诗歌风格以及与唐代的差异

《金华县志》记载，两宋时期，八咏楼规模扩大，增加了宝婺观和隐侯祠。北宋乾德四年（966年）刺史钱俨将宝婺观从城西北迁至八咏楼，使得宝婺观与八咏楼相连接，扩大了其规模。北宋仁宗景祐三年（1036年）知州林洙重建八咏楼，后改宝婺观为星君楼，政和元年（1111年）知州许几在八咏之北建隐侯祠，绘沈约之像。南宋淳熙十三年（1186年）知州洪迈请赐宝婺观名。淳熙十四年（1187年）知州李彦颖在东部进行扩建，并刻沈约诗于碑。至此，八咏楼大体定型，除了原先的八咏楼和星君楼，还有双溪楼和极目亭，可以说，此时的八咏楼是一个规模较大的建筑群，雄伟壮观，建造精良。

因此，八咏楼成为文人墨客们宴饮集会的地方。宋代奢侈享乐之风比起唐朝有过之而无不及，众多士人集聚八咏楼，吟诗作对，留下了诸多诗词，其数量比唐代更多。

当时，理学经过一代儒宗朱熹的推广，影响到了社会生活的方方面面，诗文创作也无疑会受到巨大影响。因此，一直以来就有"宋诗重理趣"之说法。宋室南渡以后，婺州成为全国的理学中心，享有"小邹鲁"的美誉。这一时期的婺州，学习理学的风气极为浓郁，人们耳濡目染，自觉接受理学的熏陶，形成了婺州学派。

《金华市志》记载："宋初设置婺州州学，南宋时名儒群起，书院多达三十所。"可见，理学对于金华的影响是尤其巨大的，因此，宋代的八咏楼处在金华这样一个理学风气极浓的环境之下，八咏楼诗歌多为说理的现象就正常了。

宋代八咏楼诗歌的深层内蕴

宋代是一个多灾多难的朝代。而越是在国家民族危亡之际，爱国的情操更会凸显出来。

宋代爱国诗人们将满腔的爱国热情抒写到纸上，并且，由于时代和认知上的原因，当时爱国诗人们的思想不仅仅是单纯的类似于"驱除鞑虏"这样简单，而是上升到了以天下为己任的高度。这种思想，使得诗人们自觉地将自己的命运与国家的命运融合起来。忧国忧民、以天下为己任的主体意识是宋代诗歌的深层内蕴。

在国家民族危亡之际，登临八咏楼，激起了诗人最深沉的愁绪。他们慷慨激昂，发出了时代的呼喊，想要复国的意志成为了一个时代的声音。这时的八咏楼诗歌，着重表现了诗人忧国忧民的爱国情怀。诗人们自觉地把国家的命运与自身的命运相连，这样一来，家国一体，人生的命运跟随着国家命运而沉浮。

再有，婺州文化中，忠义思想占有了很大的比重。自古以来，忠义思想就是婺州文化的传统：在北宋灭亡之际，著名抗金将领宗泽以及浦江的梅执礼、东阳的滕茂实都是忠君卫国的节义之士。

南宋时期的陈亮也是著名的爱国主义思想家，他多次上书宋孝宗，力主抗金，收复中原。李清照更是著名的爱国女词人，她的千古绝唱——《题八咏楼》也是诞生于此，说明了忠义文化对文人的影响至深。

三

宋代八咏楼诗歌个案分析

宋代理学家的八咏楼诗歌名篇文本赏析

吕祖谦（1137—1181），字伯恭，原籍寿州（治今安徽风台），生于婺州。他的祖先吕好问，南宋初年被封为东莱郡侯，因此定居婺州金华。吕祖谦开创了宋代"婺学"，是"婺学之祖"，也是"婺文化"中非常重要的组成部分。后世称吕祖谦为"东莱先生"。他有一首《登八咏楼有感》：

> 仲舒旧事无人记，家令风流一世倾。
>
> 天下何曾识真吏，古来几许尚虚名。

这诗的意思是说，像王仲舒（762—823，字弘中，并州祁人，唐朝文学家）这样的人没有人能记得，反而是萧齐一位郡守的风流遗事盛传不衰。结尾处两句感叹，认为天下人难以看清什么是真正的好官吏，只懂得聊些奇闻逸事，对真正好的行为却没有关注，不能效法，而且从古至今，人们大多爱好虚名，值得深思。全诗写得清俊秀丽，是典型的说理诗，对仗工整，虽难以摆脱说理诗的窠臼，但是却别有一番风味，算得上是说理诗中的精品。

李清照《题八咏楼》文本赏析

李清照《题八咏楼》全诗如下：

千古风流八咏楼，江山留与后人愁。

水通南国三千里，气压江城十四州。

诗不长，但是内蕴极深，且气势磅礴，与李清照以往的婉约风格完全不同。解读这首诗，要从其背景开始。

李清照前后两次来金华。第一次是跟着宋皇室南渡时路过，皇室和难民一起逃难，匆匆而来，又匆匆而去。李清照第一次到金华，因为战事紧急，兵荒马乱，没有时间去登楼赋诗，也不会有那个心情。《题八咏楼》是李清照第二次来金华时候写的。对于李清照第二次来金华原因，有两种说法：一种说法是她在逃经台州的时候，结识了台州知府唐仲友。唐仲友是婺州人，爱好刻书，曾经校刻过《荀子》等书，他还是南宋婺州学派的创始人之一，本身就是理学之大家，且在诗文上造诣也颇深。后来因与风尘女子严蕊（也是非常著名的才女）有染，提前退休，要回故土金华。而作为他的文友，李清照也就随唐仲友来了金华。这种说法不无道理。

第二种说法是金华这个地方是南宋学派的中心，南宋哲学家、文学家吕祖谦（1137—1181）就是金华人，是南宋著名的理学家之一，也是南宋金华学派的主要代表人物。吕祖谦晚年就和唐仲友、陈亮一道于金华城内丽泽书堂讲学、会友，并编辑《丽泽讲义》。据光绪年间的《金华县志》记载，当时的金华"同门同志亲炙闻风，部计百五十人。造诣虽有深浅，其学要无或异"。意思是说，宋、元时期，金华士人中，对理学造诣深浅不同者，竟达百五十人，可见金华学派影响之深广。这对于同时代的李清照来说，金华无疑是很有吸引力的。

不管哪种原因，李清照来到了金华，登上了八咏楼。从此，中国诗歌宝库里多了一首气势磅礴壮丽非凡的《题八咏楼》。

诗的首联，一句"千古风流八咏楼，江山留与后人愁"，起

只为遇见
ZHI WEI YU JIAN

得突兀，却一下子将眼界放开，仿佛是一瞬间登顶，一抬头，整个婺州风光尽收眼底。接着，全诗的中心一下子落到了"愁"字上。这个"愁"字，不但道出了李清照登楼的心境，也使得全诗的分量骤然加重了几分。

"江山留与后人愁"一句，内蕴极为丰富，想要理解这句话，必须结合全诗，并且要与八咏楼的缔造者——沈约相联系。

众所周知，沈约建楼之后曾多次登楼赋诗，是为《八咏》诗。他写的诗，多是一种与"新亭对泣"的哀伤与无奈。这是一种哀愁的心绪，这种心绪却是针对他个人的。沈约为自己而哀愁，为自己而感叹，因此才断断续续有了这《八咏》诗。

但是，李清照的《题八咏楼》却与沈约截然不同。李清照一扫沈约极力抒发个人苦闷的风格，将胸怀放开，开阔到容纳天下的地步，真正像范仲淹那样直达"先天下之忧而忧，后天下之乐而乐"的地步。她的忧愁不再局限于狭隘的己身，不再哀叹自己的命运，而是倾注了故国情怀，为国家的前途担忧。李清照的感慨从某种角度上来说绝对算不得是乐观的——毕竟，这是时代的悲哀，也是汉民族的悲哀——但是，李清照的态度也没有悲观到无可奈何、痛哭流涕的境地。她的诗作中非常深切地表达了对时局的关注，虽然对大宋江山的存亡具有很深的忧虑，但是却饱含复国的愿望与情怀。姑且不去思考这情怀是否现实，我们从中可以看见李清照身处乱世，心念故国，以天下之忧为忧的高尚思想。她在诗中将自己个人的愁抛开——更准确地说是将自己个人的忧愁与民族、国家的忧愁完美糅合起来，使得全诗具有一种磅礴的气势。

诗作中，李清照寄托了自己的故国情怀和复国愿望。半壁江山已经沦落于金人之手，身处八咏楼，眼前的"南国三千里""江城十四州"，它们辽阔无垠，雄伟壮丽，却并非故国，因而只能让李清照陷入无尽的故国之思。

北方的故国，已被金人的铁蹄践踏，南方的国土，也正狼烟四起，战火弥漫。李清照痛惜国土的破碎，仇恨金人的肆掠，愤慨朝廷的苟且，种种情绪交织在一起，凝聚在"江山留与后人愁"的诗句中。在李清照看来，如同八咏楼这样"千古风流"的名胜古迹，留给后人的不再是恬适安逸，不再是怀古和抒情，不再只是被称为"隐侯"的沈约式的个人忧愁，而是大好江山破败的家国愁绪。

短短一句话，包含了如此多的情思，深刻体现了本诗凝练之极的内蕴，也可见李清照炉火纯青的写诗技巧。

"水通南国三千里，气压江城十四州"两句，对仗极为工整，气势磅礴，与诗人以前的婉约风格差距极大。而这两句在情感上其实起到了一种反衬的作用。

诗人极力渲染江南的美好风光，但其实却有一个并不隐晦的线索——江南再好，也非北方故国。因此，这种极力的渲染就更

只为遇见
ZHI WEI YU JIAN

能够激发李清照内心深处的哀愁——家国破灭，民不聊生。

　　整首诗短短四句，却包罗万千情思，以一介女流之躯，写出磅礴如斯的名篇，也唯有李清照才可做到。郑振铎先生曾经很真情地评说："李清照是宋代最伟大的一位女诗人，也是中国文学史上最伟大的一位女诗人"。此言极是。

唐代诗人任翻眼中的巾子山

——读项士元《巾子山志》有感

翻阅项士元编纂的《巾子山志》，可以深刻感受到巾子山文化内涵的博大与厚重。笔者试通过唐代诗人任翻的诗作《宿巾子山禅寺》，来窥探其冰山一角。

巾子山位于台州府古城之东南隅，是一座积淀了佛、道、儒三家文化精髓的历史文化名山。历代文人墨客登临巾子山，留下了无数脍炙人口的诗篇。唐代诗人任翻第一次夜宿巾峰寺时写下一首《宿巾子山禅寺》。全诗如下：

绝顶新秋生夜凉，鹤翻松露滴衣裳。

前峰月照半江水，僧在翠微开竹房。

从此，巾子山与任翻有了难以割舍的联系。有人题诗云："任翻题后无人继，寂寞空山二百年。"可见，此诗深为后人推崇。

首句"绝顶新秋生夜凉"起得并不高古，但是极为洗练，依次交代地点、季节，并且点出初秋之夜身体的感觉——凉。此句的妙处，不但在于叠加名词而产生声韵、意境上的美感，更在于作者巧妙地把己身安插在了诗境之中，并且不露痕迹。巾子山、秋色、夜凉如水、独伫望月的诗人，一切都自然串联在一起，丝毫不觉突兀。

次句"鹤翻松露滴衣裳"开始，诗便渐入佳境。此句的意思较为浅显，单从字面上看完全能理解，但是若是细加品味，却是大不寻常。巾子山上，望月的诗人衣衫沾湿，抬头却见鹤翻松露。这里的几个意象，都带有明显的道韵。鹤，一直是道家风骨的象征，那些道家的真人，往往就是驾鹤而游，其潇洒之处，自不必说。巾子山与鹤的联系尤为紧密，山名的出处就是传说皇华真人得道驾鹤升天时遗巾于此。而松，天生就是与鹤相联系的意象，所谓"松鹤延年"，就是此理。鹤、松、露，三者本就是最为纯净的意象，并且这三者之间一气贯穿，稍加联想就有种逍遥缥缈的意境：闲云野鹤，隐于深山，食松子，饮甘露，朝游东海，暮宿西山，道韵显然。

滴落作者身上的露水，是鹤翻动的松露，是最为纯净之物，而作者的情感，在此开始升华，因为有了第一句的引入，诗人的形象便自然带上了道家闲云野鹤的色彩。

此句之妙，不止于此。纵观全诗，不难发现总体的情境是幽静、恬淡：夜色如水，山中无人，唯有野鹤相伴，整座巾子山，连同明月、江水，都是幽寂的，静谧的。但是，全诗若皆为静物，那就落了下乘。次句之妙，在于以动衬静。鹤翻松露是动景，而"滴衣裳"更是作者自身对动态的感受。这一系列的动作有一个共同特征——它们都是细微的，声音不显于外，而却能被诗人察觉，这就自然表现出山中之静。

王维的《山居秋暝》，与此诗有异曲同工之妙：同样是秋天，地点也是山中："空山新雨后，天气晚来秋"，与此诗的第一句何其相似。而王诗的名句"竹喧归浣女，莲动下渔舟"，一直以来就被认为是以动写静的绝唱，任诗次句的意境，与此有很大的相似之处。任翻是唐末诗人，他对王维有借鉴学习是很正常的，但是究竟任翻有没有借鉴王维诗中的意境，我们不得而知。总之，任翻以自己细腻的笔触，带给我们秋夜巾子山静谧的绝佳美感。

关于第三句"前峰月照半江水"，还有一个脍炙人口的传说。李东阳《麓堂诗话》云："任翻题台州寺壁诗曰：'前峰月照一江水，僧在翠微开竹房。'既去，有观者，取笔改'一'为'半'字。翻行数十里，乃得'半'字，亟欲回易之，则见所改字，因叹曰：'台州有人'"。其实，月既在前峰，那么就会有半江水为山峰所遮挡，改"一"为"半"，是很合情理的。

这虽然是传说，但由此推测，任翻在做此诗时，虽然可能是灵感骤然迸发，一气呵成，却也定是字字斟酌，投入了大量精力，反复揣摩而成。如此诗作，既有灵感又有韵律，实为佳作。

最后一句"僧在翠微开竹房"，则起到了收尾作用。前三句的意象，作者都仿佛单独置身山中，只有野鹤、明月为伴，但是此时，僧人的出现一下子将场景拉回了题目——禅寺。由此，诗人不再是孤身一人，而是身在禅院，院中有僧。至于这是一个怎样的禅院，规模如何，是否只有一个僧人等等，作者只字不提，骤然收尾，既给了读者广泛的想象空间，又干脆利落，掷地有声。

此句应和了题目，当然也透露出一种禅境——即便作者只是单纯写景，不提感受，但是那股禅意却还是呼之欲出。宁静冲淡的巾子山，加之浓重的禅意，这是否很贴近诗佛王维的境界？上文也讲到，诗的次句与王维诗中的意境相似，如此一来，该诗是否有明显的模仿痕迹呢？其实，其中还是出入颇大的。

任翻此诗，次句有一种明显的道家情怀，使得该诗从此句开始就隐隐脱离了佛家的禅宗境界，但是在最后，猛然收尾回到禅意之境。这般处理，与王维显然不同。因此，笔者以为，此诗真正借鉴的意境、思想，还是来自于李白的诗。

李白自小受到道教思想的深刻影响，后又与许多著名僧人交往甚密。在他的一些诗作中，那种佛、道的思想情怀自然交融，不分彼此。李白游寺院，能够深切体会到佛家禅意，但是他的内心深处，仍保留着道家冲虚恬淡。因此李白就会以道家思想来解释佛家，在他的内心深处，佛与道是相通的。如与僧人交游，突然想象僧人登临仙境："腾身转觉三天近，举足回看万岭低"。又与僧人谈论佛理，却想象僧人在讲道家重玄之道："黄金狮子承高座，白玉麈尾谈重玄"。

同样是在寺院中，同样是以道教的景物来写佛寺的景致，这样的处理与太白何其相似。我们可以猜测，这或许是盛唐诗仙对于后代诗人的影响。

身居江南的任翻曾经步行参加科举，可见他最初是深受儒家思想的影响，有仕进之心的。正因为科举失利，他才浪迹江湖，行吟泽畔，更加接近了佛家与道家的文化。特殊的经历使得佛、道、儒三家思想在诗人身上取得了微妙的平衡。其实，这种特质与巾子山长期积淀而成的和合文化有着惊人的一致。《宿巾子山禅寺》正是诗人真性情的自然流露，以最简单、最朴实的文字道出至情至性之语，全诗情景交融，此中之高妙，实在难以言说。说到底，巾子山和合共存的文化体系是源于台州人包容广博的胸襟。可以这么说，和合文化是台州人对于中华文化的一大贡献，具有非凡的意义。

也正是因为深谙巾子山和合文化之精妙，任翻第三次游历时在巾子山一住十年亦不足为奇了。

两个灵魂
的冲突

——读贾平凹长篇小说
《极花》

▼

LIANG GE LING HUN
DE CHONG TU

人民文学出版社出版的贾平凹先生的长篇小说《极花》（全文发表于 2016 年第 1 期《人民文学》），是继他的《废都》之后，争议颇多的一部小说。究其原因，无非是该小说触及了两个当下社会的热点问题——乡村消亡与人口拐卖。

针对两者展开的论战是冗长复杂的，兹不赘述。但是，围绕着社会问题展开讨论之后，或多或少就会忽略小说作为义学作品本身的艺术价值。对于一部技巧、人物塑造相当成熟的作品来说，这是非常可惜的。

小说讲述了一个名叫胡蝶的女

孩，被拐卖到贫穷的西部山村——圪梁，并被迫结婚生子。她在警察的帮助下逃了出来，却最终不堪忍受外界舆论压力而选择重返圪梁村。

故事总体上是通过第一人称讲述的，中途有过变更，但往往在下一段就转回主人公视角。凭借主角——胡蝶的眼睛和内心，再现其遭遇和思想。在生理感官处理上，作者采取了限制视角，即读者只能见胡蝶之所见；而在心理活动的处理上，则采取了完全暴露式，即给了读者一个上帝视角，让胡蝶的一切思想尽显眼前。

贾平凹说："其实不是我在写，是我让那个可怜的叫着胡蝶的被拐卖来的女子在唠叨。"

胡蝶是充满矛盾的个体。她来自农村，跟随母亲到了城市，以捡垃圾为生。胡蝶有自知之明，她明白，想要在城市扎根是一种幻想。但另一方面，她又渴望得到认可，想摆脱"农村女孩"的头衔。于是，她在外表上尽力向城里的女孩靠拢，"我有意走小步，也是内八字，有时晚上睡觉还用带子把两条腿捆起来。我也学着说普通话。当我把娘一个月挣来的两千元拿出五百元汇给弟弟的时候，我私扣了一百元给我染了一缕黄头发。后来又买了高跟鞋"。

胡蝶不输于城里姑娘的美貌，一定程度上给了她自信。她追求时髦，追求漂亮，这种行为也渐渐使她的心态开始变化——渴望浪漫的爱情。

廉价的出租房里，胡蝶遇到了房东的儿子青文，并且相互说上过几句话，勉强算得上朋友。胡蝶对这个年轻的大学生心存好感，她会数着日子盼他，穿上最漂亮的衣服，在他面前走动，一次又一次地脸红心跳。但是，胡蝶并不是真正想要追求青文，她一方面盼着他出现，但每当青文来，却关了窗子躲起来。

她对青文的感情或许算不上是真正的爱情，只能算是对爱情的憧憬。但我们不难发现，胡蝶是很现实的，知晓他们两个人不可能会有结果，所以她并不主动搭话。她在青文面前穿上漂亮的衣服，梳洗整洁，举止优雅，与其说是想要吸引青文的注意，倒不如说是想要给他留下一个好印象，仅此而已。

胡蝶对自身有着清醒的认知。她追求时髦，却很清楚"我是农村里来的姑娘"，她对浪漫的爱情有着憧憬，却也很现实地告诫自己"我是捡破烂租户的女儿"。农村的潜意识与想要贴近城市的主观意识，这就是胡蝶身上最突出的矛盾。

潜意识里，胡蝶知道自己是农村的"种"，改不了农村的根，但是在主观思想上，她却并不愿意承认这点，坚持想要贴近城市。主观上的意志其实并不占支配地位，但是它更明显，更外在，主导了胡蝶的行动，驱使她打扮得花枝招展。但是真正占据她内心的却是潜意识，主导着她的内在认知——她反复说"我已经是城市人了"，既是一种自我告诫，也是她不断地想要弱化潜意识的证据。

潜意识与主观意识，就是胡蝶的两个灵魂，一个是显于外的幻想，一个则是藏于内的现实。这两个灵魂注定发生冲突，并且胜负毫无悬念。

不出意外的话，随着她在城市里生活的时间逐渐加长，幻想的灵魂必定会被渐渐磨蚀，最终回归现实——一个认命的农村人的灵魂。而这个灵魂，会驱使她回到农村，老老实实结婚生子，度过一生。

不过，没有意外，就不会构成小说。

在胡蝶的两个灵魂尚在冲突时，绑架事件发生了。于是，胡蝶被强制带回了农村——一个贫穷落后到极点的西部村子。

换了一个场景后，两个灵魂继续展开角逐。而在幻想的灵魂这边，加入了一个新元素——追求自由；在现实的灵魂一边，也多出了一个"随遇而安"。

胡蝶被关在小窑洞里，满脑子想着逃出去，重获自由，这使得幻想的灵魂被无限放大。在这里出现了一个富有深意的意象——星星。按照村子里的说法，"往没有明星的夜空处看，盯住一处看，如果看到了就是你的星"，于是胡蝶整夜地坐着找星星，"白皮松上空是黑的……我的眼睛已经疼起来，脖子里的骨节在嘎巴巴地响，那一处仍是黑漆漆的，没有星"。一个个夜过去，胡蝶没有看到自己的星，终于发出了感叹："是不是我的星在城市里才能看到？"这句话，可以说是既喜且悲，让人捕捉到了主人公难以言说的苦楚。

星星在这里可以有两种象征，第一种代表了希望。胡蝶在和村子里的智者型人物"老老爷"对话中得知，天上的星星与地上的城市是相互对应的，有"分星分野"之说，她便认为，找到了自己的星，便能知道自己身处何方，能够谋划着逃回去。这星星，是她能够抓住的唯一的希望。

另一方面，胡蝶也感到庆幸——她的星不在这里，可能会在城市里，说明她不属于这里，而是属于城市。既然属于城市，那么相应地，她逃跑也就有了希望，毕竟，这里可是连她的星都留不住。

于是，她不止一次地喊着："我不属于这里，我要回到城市去！"她心里明白，这种泄愤式的喊叫，其实没有丝毫的作用。她哭，她闹，那是灵魂上的冲突的表现形式。

幻想的灵魂告诉她，她是城市里的女孩，要回到城市里，并且驱动她进行各种反抗；不过潜意识里，她又知道自己不属于城市，而是属于农村——只不过是属于那个生她养她的农村而已。

虽说穷山恶水出刁民，但圪梁村的风土人情绝算不上是恶，买下她的那个男人——黑亮，也绝不是坏蛋，相反地，他疼她，爱她，处处为她着想，默默忍受着她的闹，是"善良的犯罪者"。村子里的其他人，黑亮爹、老老爷、瞎子叔、麻子婶……他们都对她很好，她在这里真切感受到了人情温暖。这种温暖渐渐开始滋补她那现实的灵魂，随遇而安的想法也逐渐强化。只不过，出于强烈的自尊，她绝不愿意相信这事实。

胡蝶怀了孩子后，想尽办法要堕胎，最终却留了下来。有一天晚上，再看白皮松上方时，她看见了两颗星。此处心理描写相当精彩："今天偏就有了星，我惊了一下，一股子热乎乎的东西像流水一样从腹部往头顶上冲……我那时心里却很快慌起来，我就是那么微小昏暗的星吗？这么说，我就是这个村子的人了，我和肚子里的孩子都是这村子的人了……我苦苦地往夜空看了那么久，就是这种结果吗？"

这是小说的一处转折点。也正是从这里开始，那个现实的灵魂开始真正占据主导，幻想的灵魂偶尔挣扎一下，也很快被掐灭。她不再拒绝黑亮碰自己，开始和村里的人和睦相处，甚至主动帮黑亮家做事，偶尔出去串门，俨然有了村里人的感觉。幻想的灵魂，正在被消磨。

但是，就在幻想被掐灭的最后一刻，出现了巨大的"反噬"——胡蝶最后一次也是唯一的一次，通过村里仅有的一部电话，向外传达了信息。这或许是她不甘心的幻想灵魂在作最后的抗争，虽然她对这反抗并不抱有太大的希望，甚至抱着一种很矛盾的心态去期待……

只为遇见
ZHI WEI YU JIAN

　　巧的是，她被警察救了。当面对躲避不开的记者，面对路人的指指点点，当听到母亲想把她嫁给残疾人当媳妇，她那幻想的灵魂终于碎成了齑粉。于是，现实的灵魂主导了她，并且驱使她做出选择——回到圪梁。

　　两个灵魂的冲突，在此落下帷幕，幻想的齑粉被现实吸收，于是，胡蝶现实地活着的同时，保留着简简单单的希冀——希望母亲会来看她。

　　整部小说笼罩着一股沉重的压抑感。确实，我们对书中人物的境遇除了同情之外，又该做些什么呢？这就是作者给我们提出的一个值得深思的问题。

世界大千

——读邓贤《五百年来一
大千》

SHI JIE DA QIAN

中国20世纪的绘画大师中，有
的画比人精彩，有的人比画精彩，而
张大千堪称人与画都精彩。著名作家
邓贤的长篇纪实文学《五百年来一大
千》，真实而细腻地勾勒出这个画坛
巨擘，让我们得以走近一个传奇。

于是我们看到，天才的画魂在波
折中复苏，在一次又一次即将沦为庸
才的悬崖边上勒马，最终抵达艺术的
顶峰。邓贤笔下的张大千，有远超常
人的天资灵动却又沉湎官能享乐；有
对艺术的孜孜以求也有心魔乱道流连
赌坊；有克己守德铮铮铁骨也有仿制
古画恶名远扬……

　　大千世界，善恶皆有，所幸一切都化为了大师成长的养料，点染出独有的色泽。

　　整部作品极富情节性。张大千几次误入歧途，都能幡然醒悟，而每一次醒悟，都伴随着醍醐灌顶般的心智飞跃。桀骜不驯的头颅总能在最关键的时刻听取最正确的引导。这些引导或是来自友人，但更多的却是来自身边的亲人。

　　比他年长十七岁的二哥善子，无论在艺术上还是生活上，都是张大千的导师。作品里的张善子几乎是完人：他早年东渡日本，秘密参加同盟会，政绩斐然。发现政府腐败后愤然归隐，创大风堂，广收弟子，教授国画。抗日战争爆发后奔波于世界各地，举办爱国画展和演讲，为中国抗战筹集了一笔笔不菲的款项，最终累倒在赶往重庆的途中。

　　张大千曾嗜赌如命，不仅赌输了祖传的《曹娥碑》，还被天津黑恶势力追杀，这些都由善子为他摆平。兄弟之间有过无数次谈心，兄长的肺腑之言一次次使迷途的心灵重归正道，兄长的援手一次次为他化解灭顶之灾。除了二哥之外，三哥、四哥也都深明大义，张氏一族如一株参天大树，是画家迈向成功的坚实后盾。

　　有关张大千的艺术生涯，一直以来有"由邪入正"之说。他曾经跟着三老爷李庵清，以贩卖假画为业。大千擅仿"明末四僧"中的石涛，达到以假乱真的地步，甚至骗过了黄宾虹和陈半丁。这两人不仅是国画大师，更是眼光狠辣的收藏界泰斗，有"南黄北陈"之说。张大千初生牛犊，主动下套子，结果两人双双入彀。齐白石给他吃闭门羹，徐悲鸿也对其避而不见，张大千之恶名，可见一斑。

不过，仿古画虽是邪道，却给画家打下了坚实的基本功。本质上讲，张大千是在"师古人"，他仿的是大师遒劲的笔力和恰到好处的布局，更是在精气神上跨越时间与空间，与古老的灵魂对话。

仿画虽有所得，但同时又为古人所钳制——张大千发现自己断送了创作的灵感，落笔即是"明末四僧"，再难打破窠臼。他陷入了真正意义上的艺术泥淖，如何破而后立，能帮到他的，只有他自己。

张大千毕竟是少有的天才。精力旺盛是天才的生理特征，而破旧立新是天才的精神特质。他整日整夜不知疲倦地创作，在静坐苦思中悟道，逐渐开始转变画风。待他举家搬迁至苏州网师园后，江南水乡便化作喷薄的灵感。小荷才露尖尖角，谁道百花不如我？彼时的大千逐渐展露锋芒，这一时期他创作了大量珍品，突然转变的画风略欠老到但浑然天成，技法虽单薄却意气风发，配上意趣非凡天马行空的想象力，天才的锋芒如《迎风菡萏写意图》中的小荷一般，看得"老仇人"黄宾虹都啧啧称赞。

凡才华出众者，眼界自高内心自傲，大千年纪轻轻已有一家之相，却善与人交而取人之所长。他与摄影大师郎静山交好，从摄影艺术中借鉴创作手法，汲取灵感并积累创作素材，背着照相机出外写生，当时的画坛都以此为奇。张大千的努力和谦虚也改变了自己的恶名，他与黄宾虹、吴湖帆冰释前嫌。庐山之行机缘巧合，结识齐白石、徐悲鸿。与诸位大师的交往使张大千如沐春风，一个画匠遂褪去功利的皮囊，用荡涤澄澈的心灵去追寻艺术的真谛。而心灵的纯度，往往决定着一个画家能走多远。

读了万卷书，画了万卷画，交了万千人，还需要行万里路。于是，在抗战如火如荼的时候，画家选择了避世，裹挟举国流言蜚语深入内地。青城悟道，敦煌面壁，八年抗战，几乎所有的画家都在原地踏步，以字画糊口谋生，更有人早已弃艺另投，唯其一人实现了飞升，从此一枝独秀。

于晚成的国画而言，未过半百的张大千还很年轻。青城的日子里，他终日隐于上清宫，道家的意趣伴随着青城一百零八景在画卷上荡漾。离自然近了，离心魔便远了。敦煌面壁的三年，肆虐的风沙没能阻断飞天仙女的熠熠光辉。此时，道与佛，加之张大千出生的蜀中儒门，三教以一种圆融的姿态合一。

于是人们讶异地看到，四十六岁的张大千的艺术修养已经超越了技法的层面，上升到一个"穷上下五千年"和"破旧立新"的精神境界，他在将传统技巧发挥到巅峰时，在色彩上另谋出路，打破宋以来越走越窄的文人画格局。

敦煌之行让张大千见识到了气质如仙的彩绘壁画，这等于给他补上了一节色彩课。张大千请教藏僧，从头学习着色技法，上溯隋唐，下追当代，修复了传统国画只有"画谱"没有"色经"的缺陷。当复归的张大千回到青城，作《喜浪摇荷图》时，嘴角终于露出微笑——大道成矣。

"大千时代"以一种横空出世的姿态展露在世人眼前，画家精力充沛如日方中，画风雄健神采飞扬，色彩多变笔参造化，其画展更是好评如潮。有人认为他的全新画风带给中国绘画界的冲击不亚于"美国飞机在日本投下的大炸弹"。

有时候，我们不得不感叹，天才虽然需要熬炼，却也是脆弱的，他们的内心远比普通人敏感，更易受到各种诱惑。屡屡而来的魔障如烈火焚烧，画家忙于应付屡受困顿；人世间多少纷扰，画家涕泪纵横无可挽回，所幸他最终坚持了下来。真正成大器的天才更需要时运支撑，试想其少年时代落入匪窝难以走脱；青年时代沉湎声色荒废画技；中年时代的桂林号事件触目惊心；敦煌时期遇上匪徒战战兢兢……所幸这一切的背后，都有贵人相助。确实，张大千的传奇并非是一个人能写的。拨开灵气的面纱，我们看到的更是一个普通人，这就是成大器者的魅力。

佛说，集三千小世界成就一个中千世界，集三千中千世界成一大千世界。大千，这个"百日出家"而得的佛号伴随着张正权一生，也见证了他的一生。

至善人性复归的
哲学思辨

——读方格子《一百年的
暗与光》

纪实文学，总是以其特有的真诚与严肃，带给人不一般的触动。读方格子的长篇纪实文学作品《一百年的暗与光》，我的心情始终处在震惊、压抑、感动之中。

该书自2016年出版以来就广受关注。作者以中国全面彻查、抵抗麻风侵袭的百余年历史为背景，描述了"道不尽的百年沧桑事"编织的"暗"，抒写了医者的泣血奉献与病患者相帮相助勇敢直视病魔共同构成的向"暗"宣战的亮光。总之，这是一部"中国麻风病防治浙江记录"，既具有严谨性，又不乏史诗性；既是在讲述一种可怕的病魔，又不只局限于"病理"。相反的，作者以这种"几乎与人类同时出现"的疾病为切入点，分析了它所引发的伦理问题、社会问题，最后上升到宗教问题、哲理思辨。这种讲述，包蕴了作者的价值观，是一种饱含浓浓情愫的纪实写作。

作者在2014年夏天接到了浙江省作协交托的麻风病题材的写作任务。纪实写作少不了实地考察，这意味着她必须进入麻风村，直面那些"畸残的容颜、残缺的身体"。

文章中，作者不但详尽讲述了麻风的病理特征，也进行了历史溯源：这种被称为是"风吹来的魔鬼"的疾病，在上古时期被认为是不治之症。世界各国对待麻风病人的做法都非常一致——隔离、放逐、驱逐、灭绝。即便是当代，人们也畏麻风如蛇蝎。作者曾采访过一批大学生，在对结核、恶性肿瘤、麻风这些侵袭人类的疾病中，你最害怕自己得什么病，百分之九十的学生回答：最怕得麻风。

麻风真的那么容易传染？答案是否定的。从医学上看，它是由麻风杆菌引发的慢性传染病，即便是划破皮肤与病人的血液直接接触，也未必会被传染。麻风是绝症吗？更不是，只要尽早接受治疗，病情是可控的。

人们畏惧麻风，是因为麻风患者将会成为痛觉感知的特殊群体。他们的肉体失去了痛感，这使得他们甚至可以拿刀砍掉自己溃烂的双足。麻风引发的精神痛楚超越了生理极限，令人生不如死，将人推向精神崩溃的深渊。

可以说，人们畏惧麻风的根源，在于其对患者躯体的腐蚀。从身上长满斑点，到肉体失去痛觉，再到眉毛的脱落，手足的溃烂……被治愈者往往沦落到人不人、鬼不鬼的境地，即使脱离了病菌，他们的身心也都被打上了麻风的烙印。

容貌与形体，是一个人起码的尊严。有多少人能够完全摆脱世俗的美丑观念？

英语中用单词 Leprosy 表示麻风，但是这个词还有另一重意思——道德败坏但由于神的宽恕而能痊愈的病人。中世纪时期，西方不允许麻风病人进教堂祷告，他们是神的弃儿。中国古代也认为，麻风是由于人行为的"不检点"而染上尸气、瘴气的现象。

作者写道："人类所经历的各种疾病，麻风病是最让人不齿的，它发端于肉体，却要接受道德的批判。"这固然受人类认知的限制，但根本原因却是麻风引发的肌体溃烂过于触目惊心，让世人找到最充分的理由，从道德的制高点上对其进行谴责。这种谴责绝不只局限于患者个人，而会蔓延到整个家庭。

从患病开始，外人注视的眼光便有如刀刮。一旦确诊，家人也会被人指着脊梁骨。加之麻风患者生活难以自理，逐渐的，家人的态度也由保护转为了暧昧不明，最终到排斥。这种排斥漠化了亲情，斩断了血脉伦理，甚至走向谋杀的深渊。作者指出，西南地区有将麻风病人灌醉活埋的习俗。

麻风不仅是病理问题，还引发了伦理问题、社会问题、宗教问题，因此受到不同于其他传染病的"特殊对待"。麻风病魔在轻易瓦解了病人肉体的同时，又粉碎了他们温馨的家庭和社会关系。悲哀、愧疚和无助引起极端的恐惧，最终摧残了患者的身心。

毋庸置疑，这是一个长期处在黑暗里的世界。直到近一百年来，伴随着人们认识的深化，麻风的诡谲被不断削弱，那抹久违的光亮才开始显现。

文章有很大的篇幅，写那些自愿奋战在防麻一线的医护人员。他们的眼中没有歧视，没有偏见，有的只是关切。"他们身影孤寂，却独有一份光芒，这份光芒穿越黑暗，照亮了下一代麻防工作者。他们握紧接力棒，与病患一起，缓步前行。"麻风病患者们住在政府搭建的"麻风村"中接受免费治疗，不再带给家里负担；痊愈的患者可以回到故乡，甚至可以像正常人一样生活……这一切的亮光，都透着浓浓的人道主义情怀。从驱逐到隔离再到治疗，几千年来覆盖在麻风患者身上的有色外衣逐渐被理解之光剥蚀，这是至善人性点燃的光亮。

作者曾深入浙江上柏麻风村进行考察。麻风村中，病人的生存状态相对要好一些。物质上能接受定期的免费治疗直到痊愈；

而精神层面，因身边的人也都和自己一样患有麻风，故此不再遭到歧视；在有良知医生的关怀下，医患关系和谐。麻风村，就是一个特殊的收容所，其生存主体是肢体溃烂变形的病人，而医生们是为病人服务的小群体。它甚至诞生了自己的"货币"，有了自己的运转规则，又与外界隔绝，俨然成了一方桃源。

但是，这样的地方真是病人的桃源吗？"在麻风病人不再需要隔离的今天，麻风病人却还在被人们进行着心理上的隔离，这种隔离看似无形，实则影响极大。经年累月与社会隔绝，他们成了一个没有故乡的人。"

麻风作为一种可痊愈慢性传染病，它受到的关照与其他传染病是不同的。在这方"桃源"里少有镜子，因为病人不想照见自己容颜尽毁，但是，面对同样面目全非的病友，互相之间作何感想？在这方"桃源"里，医生们尽管目光温柔，但被白大褂和口罩、消毒手套包裹得严严实实的形象，是否会让病人产生自卑、惭愧的情绪？在这方"桃源"里，痊愈的病人可以回家，但那畸残的容颜是否能被家人接受？在这方"桃源"里，又有多少人能获得爱情？

那么，既然患诸多传染病的可以与正常人一起生活，是否能去掉对麻风患者的"隔离"？答案是否定的，因为麻风毕竟是传染病，让麻风患者自由分布在全国各地，对普通人而言又是不人道的。作者通过大量活生生的病例引发了一系列的思考，这些思考已经上升到了哲学思辨层面。

征服麻风的道路上还是荆棘横生！但是，"一个没有麻风的世界——生命至上，尊重人性和人权，没有麻风心态的世界"正在前方招手。

是的，人类终将生活在一个没有麻风的世界！

《一百年的暗与光》，是对哲学、人性的考量之作。

荒诞的
大宴

——评《人民文学》
2016年10期鲁敏短篇
小说《大宴》

▼

HUANG DAN DE
DA YAN

品读鲁敏女士的短篇小说《大
宴》，深深地引发了我的思考。

小说分为上下两部分，以公交司
机杨早的视角展开。杨早得到了一个
亲近黑老大"容哥"的机会——饭局。
他绞尽脑汁想傍上这座靠山，并与姐
姐杨宛，以及钱某、肖姐等人结成了
同盟。小说上部分写宴请前的准备工
作，四人细致地筹划着一切，甚至提
早去饭店交定金。下部分写大宴上的
众生相，因为"所有被这一消息所泽
惠，所鼓动起来的各路人马此刻都汇
聚到了这里"。

杨早终于清醒，自己想通过饭局

傍上黑帮大佬的想法近乎荒唐，他想溜之大吉，"大街上就是公交车站，只要爬上一辆去，这桩荒唐的事物就可以脱手了！"可是，收了定金的侍者"胖圆脸"却拦住了他。"胖圆脸"并不是催他付账，而是退还了他付的定金，且"歉疚地解释：'杨先生，对不起……不断地有人买单，除了大堂，一楼二楼三楼各个包间都有……'"小说至此戛然而止，杨早的担忧和"胖圆脸"的歉意形成了严重错位，欧·亨利式的结尾干脆利落，不由得让人会心一笑。

小说的情节近乎荒诞，尤其是下部分大宴场面的描写。赴宴的不仅有杨早、肖姐、钱某这样的底层民众，也有杨早学生时代的女神，甚至还有警察和出现在电视上坐主席台的人。每个人都有难以启齿却不得不开口的请求，在无数次求诸正常渠道无果后，不约而同地将目光投向了神通广大的"容哥"身上。

看似荒诞的大宴，实则真实地再现了社会生活。作者花重笔墨去写宴席上的众人为亲近"容哥"做出的各种丑态，详尽地展现了当下社会各行各业人们心理的阴暗面，尽管他们的目的无可厚非，采取的手段不能说不得力，有的情愿倾其所有，有的不惜"献身"，这些行为含蓄地传达了处在社会转型期民众内心极度的躁动与不安。

杨早进入大厅时，"胖圆脸"侍者赔笑着对他说："从上往下看，整个大厅的散席正好构成两朵梅花，中间一张桌子是花蕊，外面是六片花瓣……"读到此处，我的脑海里浮现了佛家的一句偈语：
"一花一世界，一叶一菩提。"

于是，当我继续品读这些文字时，原先曾经有过的一丝丝厌恶感荡然无存，继而产生了一种佛家的悲悯情怀——尽管他们的作为令人不齿，尽管他们在大宴上丑态百出。

我认为，"容哥"这个角色的设置是本篇小说的一个亮点。他像是一块磁石，吸引芸芸众生，来到大宴上，上演众生百态。他也是一根导火线，引爆了众生心中的不平事。来到大宴的每一个人，都具有符号化的色彩，都代表着一类人，他们的请求更多的是现今存在的一些社会问题：有为自己找回尊严的，有为得到生活保障的，有为孩子前途的，有为演上主角的……他们在大宴上既有钩心斗角，也有同盟般的相互依赖，是大宴将一切整合到了一起。

作者有意将读者的视角引向俯视，将宴会上的众人进行了缩小。正是在高度浓缩的场景之下，众生百态如掌上观纹，历历在目。

不难发现，这些人想要请求容哥办的事好多是不光彩的，甚至有违法嫌疑。是什么让这些朴素的底层人丧失了基本的羞耻之心，又是什么让这种近乎虚幻的梦境变成灼热的希望？归根到底，这些行为缘自人们内心普遍缺乏安全感，加上经济快速发展引发的投机心理不断膨胀，于是，为了找到一条改变生活状态的捷径便开始不择手段。可以说，荒诞的不仅仅是人的形态，还有人的心灵。

在进一步品读中，我恍若自己也身在其中，不得不承认，某些时候，我的内心深处也幻想着有这么一个"容哥"。

至此，我认为作者的写作目的已经达到了。

显然，杨早等人将所有希望寄托在"连性别也不清楚"的"容哥"身上，其结果是可想而知的。"最早期的计划中，这个可能性曾经高达一百，从去找杨宛、路遇钱某与肖某开始，这一可能性就开始了衰减，像一只从高空往地平线自由落体的玻璃球，无数个夜晚都在加速递减，等到从二楼包间转移到四楼大厅，这只玻璃球距离地面就仅有半尺之遥了；再到半分钟前，关于容哥（儿）的性别新说，终于使得玻璃球啪地一下坠地，获得了彻底的解散与自由。杨早可以清清楚楚地看到，这个摔碎的玻璃球里头，是空的，完无一物——容哥或容哥儿早已幻化为大厅中的枝形吊灯、大圆桌、靠背椅、醋碟子或其他随便什么玩意了。"

作者曾经说过："短篇小说，是小个子、大背影的艺术门类，读者看到的只是冰山一角，但它的细微之处、言外之意才是整个冰山。"确实，《大宴》包蕴着的是整个社会，虽小，然意味无穷矣。

陌生化的
"鸽子笼"

——评《人民文学》2016
年第10期许春樵中篇小说
《麦子熟了》
▼

当代小说，描写打工群体生活的题材可谓屡见不鲜。挣扎在底层的人们，用其特有的方式，讲述着对美好人性的诉求。这是该类题材小说最打动人的地方。但是，过多类似的立意，也不可避免地筑成了此题材的窠臼。

许春樵先生的中篇小说《麦子熟了》，却给人一种不同的审美体验。

农村妇女麦叶，为减轻家庭负担，随其堂姐麦穗进城打工，结识同工厂员工老耿。尽管两人都有家室，但老耿丝毫不掩饰对麦叶的爱慕。在一次见义勇为式的事件后，麦叶对老耿的态度由反感转为感激，并产生好感，甚至灌醉自己想要"献身"，但老耿在明白麦叶良苦用心之后守住了底线。回家探亲时，因麦穗失口，桂生（麦叶丈夫）毒打被误解的麦叶，并蓄谋杀死老耿，最终走向犯罪的深渊。

小说情节跌宕起伏，就主题而论，仍然是探讨人性问题。麦叶是一个矛盾的个体，她读过高中，在打工群落中是一个"文化人"。她洁身自好，与麦穗形成了鲜明对比。她还有很强的报恩观念，从没想过去害别人。但是，她也有病态、阴暗的一面。她有过"献身"的想法，并且付诸实践："麦叶想让自己喝醉后成为一个宠辱皆忘、没有责任的人"。

至于老耿，我们往往着眼于他的见义勇为，他的紧守底线，但也不要忘了，作为一个有家室的人，他接近麦穗的最初动因是不纯粹的，这是他身上的阴暗。阴暗，是人性中必不可少的成分，这种成分在桂生的身上有更真切的体现：表面上，他似乎承认了自己的错误，但在父亲死后却蓄谋杀人。

复杂的人性，阴暗与光明的交织，从这一角度来看，《麦子熟了》不失为一篇真实、深刻的小说。

但小说的成功之处还在于艺术技巧上的"陌生化"手法。

小说表现的是底层人对于人性之善的守护。无论是老耿还是麦叶，我们都更多地看到了他们的光明一面。但是，小说的结局，却是一个紧守底线的人（老耿）的毁灭。

　　与作者的另一部作品《男人立正》中坚守道德的陈道生相比，老耿和麦叶也都是人性之善的坚守者，只是这份坚守并没有给他们带来好运。

　　不过，读完作品之后，读者却仍对老耿、麦叶抱有尊敬、喜爱之情，并不是产生"好人没好报"的心理——相反，会有一种强烈的向善欲望。这就是"陌生化"手法带来的效果。

　　许春樵先生说："写小说的目的就是在现实的根基上，建造一个与现实完全不同的世界。"这里就很清晰地传达出了作者对"陌生化"手法的追求。

　　小说中有一段对农民工住宅的描写：清晨的太阳被海水泡了一夜，湿漉漉的，似乎能拧出盐分很重的水来。沿着潮湿的光线，依稀可见斑驳的盐霜在村巷的墙壁上、砖缝里一路泛滥……早年的猪圈、鸡舍刷白后被分割成无数"鸽子笼"，租给来自四面八方的打工一族。

　　这是一种令人产生陌生感的比喻，却又合情合理。因为这种比喻是基于现实的。读者会因新奇的比喻而回头精读这些段落，在获得美感的同时，也会自然地产生一种距离感——尽管其描与画面感很强，但"陌生化"的手法会使大部分读者将这个场景独立出来，而不会将其安插在现实生活中。

　　和阿里斯托芬所描绘的"云中鹁鸪国"一样，"鸽子笼"以现实作为基底，甚至就是原原本本的现实，却又从现实中脱离了出来，只不过它并不是理想的乌托邦，而是象征贫穷、卑微、辛酸的生活方式。

鸽子笼，在这里成为了一种符号，而"陌生化"手法产生的距离感，很大程度上削弱了读者的代入感。整部作品虽然充溢着浓烈的悲剧色彩，但带给读者的是一种荡涤心灵的力量，而不是"不敢为"的退缩。

小说中，年轻时的老耿拿了家里卖牛的钱，偷偷去往少林寺学过功夫，"练了一身腱子肉"，在和打手的冲突中，他以一敌二，三拳两脚就结束了争斗。这其实也是"陌生化"手法，同样削弱了代入感。但是与此同时，老耿的形象却更显厚重。

小说中的"鸽子笼"，因为独特的"陌生化"手法而产生一种远离现实的特质，让整个故事都与读者拉开了距离。但是，也正因为这种距离，悲剧性的结尾在带来震撼的同时，一股寻求人性之善、人性之美的情绪，开始在读者心中荡漾。

飘飞的
蒲公英

——评《人民文学》2016
年12期哲贵短篇小说《柯
巴芽上山放羊去了》

▼

PIAO FEI DE
PU GONG YING

品读哲贵的短篇小说《柯巴芽上山放羊去了》，再次引发了我对当下国人精神寄托问题的思考。

主人公柯巴芽是一个大学刚毕业的女孩，她的父亲在信河街做服装生意，颇有资产。她先是在父亲的公司里干了一段时间，随后考了公务员，又申请去青海支教，发现没有一处是她真正想要的生活。最后，她再次回到天井村，定居下来，养了一群羊，开始了新的生活。

小说采用单线结构，爱情在小说中的比重较大：每换一个地点，就会有不同的男人出现。大学时的男友，特产局的戴喇叭，支教时的唐十三，这些个性完全不同的男人不断从她生命里路过，但却没有留下足够深的痕迹。

值得细细休味的是柯巴芽对待工作与爱情的态度。她离开父亲的公司，并不是讨厌服装生意；考公，并不是因为喜欢；支教，也只是突然想这样而已。她一直在变换生活的方式，至于哪一种才是她最终的归宿，她没想过。在爱情上，她虽然有三次恋爱的可能，但没有一次尝试抓取，她不确定自己是否真的爱了。

柯巴芽说过最多的一句话，就是"我也不知道"。不知道自己想要什么，不知道自己为什么要去做，一切事情都仅仅是"想做"。

柯巴芽身上始终有一种不确定性，她的精神与灵魂一直处于空虚、迷茫状态，她就像是飘飞的蒲公英，不断变换场景，没有所谓的目标，有的只是无所依托般的百无聊赖。

她自信河街飘起，辗转到特产局、铁卜加草原、西宁，还去了敦煌。有时停顿一下，却始终没有生根发芽——直到突然地想起天井村。

柯巴芽的状态，代表着当下物质充裕后的国人们普遍的精神状态。由于信仰的迷乱，尤其是年轻一代人，在享有了父辈优渥的物质基础之后，其精神应寄托于何处？是不是有一类人，像柯巴芽一样，随风而飘，漫无方向？

所以说，柯巴芽是一个典型人物，代表了当下的一批"漫游者"。

　　柯巴芽这个人物形象之所以丰满，不仅局限于此。她身上有一种为人欣赏的品质——本真。在这个喧嚣的时代，想要保留本真是非常难的。很多现实中的"漫游者"，虽然没有灵魂上的寄托，却把每一天都过得很充实。因为他们奔波在尘世，为更好的物质生活打拼，并且有意识地将这种物质追求上升到了精神层面，视其为依托。但其实，这顶多算是一个目标罢了。

　　不过好在，这个目标够长够远，有足够的拼搏空间，因此大部分人毕生沉浸其中，感觉不到自身的"漫游"状态。

　　说是不幸也好，柯巴芽恰巧不是一个追求物质的人——她很明确表示自己不想接手父亲的公司。人一旦没了世俗的追求，精神层面的漫游就凸显出来了。

　　柯巴芽一直就是一个行动派，她想到什么就去做，虽然她不明白自己为什么"想"。她的"想"，来源于一种潜意识的感召，这种感召源于排斥——排斥灵魂无依托、精神迷茫的状态。也正是这种感召，一直引导着她去追寻，初心不改，这就是她最吸引人的品质。

　　但是，仅仅是刻画一个典型的人物，仍不足为一篇成功的小说。作者还提出了一种大胆的突破式的解决方案——上山放羊去。很明显，这个方案不具有可行性，但却有一种象征的现实意义。

　　柯巴芽结束了长达两年的支教后，在家里赋闲了半年。"新年开春后，有一天，柯巴芽对着大榕树发呆，突然想起那个叫天井的自然村和那片茶园。"

她到了冷清的天井村，租下了山顶的三幢石头房子与那一片茶林。"羊舍建成后，她便不允许别人跨过铁索桥一步了。"除了管理茶园，她的心思全部花在了羊的身上。"每天赶着它们漫山遍野跑，跑不动的小羊羔，她抱在怀里。她不会厚此薄彼，她会一只一只小羊羔抱过来。跑多了，她心疼了，赶紧将它们赶进羊舍，挨个儿给它们洗澡。洗完澡，用干毛巾挨个儿将它们身上的毛擦干……"这就是她选定的生活状态。

很明显，这种状态只是一种象征，作者这么写，其目的绝不是鼓励人们"上山放羊"，而是为那种灵魂无处安放的人们，提出了一种切实的解决途径——听从心灵的感召。

柯巴芽的心灵深处，装着的是大自然，她申请调到特产站去当公务员，在支教时会教孩子们唱古老的童谣，一个人跑去青海湖边坐一天……最终，她选择在寂静的天井村里，与小羊们一起，寻得了灵魂的宁静。

而作为读者，我此时感觉到有一股清风拂过，涤荡着积在心底的尘埃。

庭院深深
深几许

——吕黎明《黄色院
落》的悲剧要素及艺
术手法分析
▼

吕黎明先生的中篇小说《黄色院落》发表于大型纯文学刊物《延河》，并入选长江文艺出版社的"中国好小说"电子书出版项目。小说以一个江南院落为背景，详细讲述了一个小地主家庭两代人的兴衰。有限的几个人物，有限的篇幅，却展现了一幅宏大的社会生活画卷。

在这个被刷得土黄一片，只留下"枪眼大小"窗户的"堡垒"里，上演的是一幕幕家庭悲剧、性格悲剧、天命悲剧、伦理悲剧。小说通过第三代人"我"的视角，将前两代人大起大落的一生巧妙连缀起来，这种讲述显得不疾不徐却又滋味十足。

当下的文学评论，尤其是对于中、短篇小说的评论，大多侧重于主题的把握以及其对时代脉搏、时代积弊的阐发，而对小说本身之所以作为小说的要素，却鲜有涉及。无论《黄色院落》揭露了什么，它首先是无可争议的悲剧。本文试图以小说中的悲剧人物、悲剧事件为着眼点，兼顾小说采用的艺术手法，对其进行分析解读。

1

《黄色院落》的悲剧性

西方古典文论的代表人物之一亚里士多德在《诗学》中明确提出：悲剧是对于一个严肃、完整、有一定长度的行动的模仿。

《黄色院落》作为中篇小说，篇幅虽然不长，但却涵盖了两代人（即"我"的爷爷和父亲）的毕生经历，它有较长的时间跨度。在这个跨度里，描写的是一系列有长度的事件，如爷爷迎娶三位奶奶，父亲出生，父亲娶母亲，母亲私奔等。因此，《黄色院落》无疑符合亚氏对悲剧"有长度"的定义。

从情节的完整性上看，小说中的情节单元环环相扣，按照事情发展顺序连贯一气，叙事方式多变，不过前因后果都交代得很清楚。

虽然小说的重点部分是爷爷娶了三位奶奶之后以及父亲长大成人之后的故事，但是爷爷如何娶亲，父亲如何谋划着强娶母亲等情节单元，也都有过概说。在小说审美者的心中呈现的不只是片段式的故事，而是两代人完整的人生历程——只是将其中的一些部分进行了细致化处理。这无疑也符合悲剧"完整性"的要求。

从小说的情节来看，《黄色院落》的事件都具有残酷性，虽偶作俏皮之语，偶有惹人发笑之言行，但都很难冲淡全篇严肃、残酷的氛围。因此，《黄色院落》是严肃的小说，"悲"是其总体的情感基调，它是不折不扣的悲剧。

西方近现代文论对悲剧有了新的界定：悲剧（tragedy），又称悲剧性（the tragic），是指具有值得人同情、认同的个体，在特定必然性的社会冲突中，遭遇不应有却又不可避免的不幸、失败甚至死亡结局的同时，个性遭到毁灭或者自由自觉的人性受到伤害，并激起审美者的悲伤、怜悯与恐惧等复杂审美情感，乃至发生某种转变的一种审美形态。

《黄色院落》中出现的人物，虽然有各种各样的缺陷，但其身上也或多或少有值得人认同的品质。爷爷虽然风流，但归根结底也是对难以生育的恐慌感，娶三房奶奶虽然有肉欲的需求，但也有传宗接代的考量。除此之外，他还勤劳，看到父亲败家之后，拼命干木匠活来积攒"大把的钞票"，他对待父亲也偶有亲近之举，亲情并未因父亲的"来路不明"而完全泯灭。父亲虽然面目可憎，但谁都难以否认他对整个家族做的贡献。可见，无论爷爷还是父亲，都是复杂的个体，有值得人认同的成分，因此符合悲剧的"值得人同情、认同的个体"的定义。

除了爷爷与父亲，所有的女性人物也都有复杂性，没有十足的好人或坏人。

如果以黑格尔的矛盾冲突理论来纵观全文，会发现《黄色院落》中的冲突都不是偶然的，而是不可避免的。是人物的性格对立、伦理错乱、特定时代背景以及畸形的家庭结构等原因共同造成的。这不但增强了悲剧的复杂性、矛盾性与冲突性，也使得情节更为曲折生动，可读性大大提高。

2

《黄色院落》中几位女性形象分析

大奶奶形象分析

大奶奶是爷爷的第一房妻子，也是唯一明媒正娶的妻子。她出生在深闺大院，算得上是富家女子，嫁入爷爷家是因为传统的媒妁之言，其悲剧是典型的性格悲剧。

一方面，她的悲剧源自其久处深闺并逐渐形成的内向型性格。

她涉世不深，容易轻信他人——爷爷三言两语就使她放松了戒备。小说中，大奶奶表露出来的情绪是"从容不迫地笑了"。她笑了两次，第一次笑，她撤销了对爷爷的最后一道防线，不再派人跟着他了。第二次笑，她更加相信"自家男人不会在外面白费力气的"。而这之后，爷爷"不再在大奶奶身上花些无聊的力气"，开始有了二奶奶、三奶奶，逐渐将家族引向下坡路。

在大奶奶刚出场时，其性格就已经有了定论："好在她是个老实忠厚的姑娘，从没向爷爷隐瞒过什么。"这样的性格，绝非是缺陷，恰恰相反，对于女性来说，甚至是值得赞许的美德，但这却难以适应她在"黄色院落"里的生存状态。

造成大奶奶悲剧的另一个原因，是长于内心独白式的思考，却拙于行动的特质。

作者对大奶奶心理活动的描绘，占的比重相对较大，有时并不进行直白表露，而是通过其言行侧面烘托。如她时时拉着母亲絮絮叨叨，在母亲私奔了之后甚至感叹没有人和自己说话了……正因为其心理活动丰富，所以在失去了倾诉对象之后才会感到无所适从。

但是，她的行动能力之弱，却到了"一走出这个院落的大门便会六神无主，自己走丢了也不晓得"的地步。从这个层面上了讲，大奶奶作为一个个体，是有重大缺陷的。

大奶奶的悲剧，就是因为她在性格特质上与"黄色院落"中的生存环境产生了剧烈冲突。用黑格尔的理论去分析，"黄色院落"这个环境本身，就是一个有巨大缺陷的环境，它有无法掩饰的片面性。而大奶奶也是一个片面的个体，二者的片面性出现了偏离，就势必会引起冲突，结果只能是双双毁灭——大奶奶晚景凄惨，最后郁郁而终；黄色院落也终于破败。只有通过彻底的毁灭，双方的片面性才能得以克服，而悲剧的审美特性，也正在于此。

大奶奶这个形象的存在，不仅仅是为了设置一个性格悲剧，更突出的作用，在于其对氛围的烘托作用。

总体而言，大奶奶出场的戏份其实并不多，写她言行的句子也不多，但有一处却令人印象深刻："每当爷爷莫名其妙地打骂爸爸，三奶奶不知躲到什么地方去了，只有哑佬不顾一切地冲上去用她那健壮的身体死命挡住爷爷……这个时候，大奶奶幽灵般地出现了，她并不动手，只要她对家人瞥上那么几眼，战争就会结束。久而久之，大家的心目中有了大奶奶的形象，对她的言行几乎俯首听从……这本领配上那副忠厚老实腼腆胆怯的嘴脸，使人们更加难以捉摸刮目相看。"

大奶奶的出场，常给人一种"幽灵般"的感觉，她平时话很少，爷爷早已厌倦了她，父亲对她也没有好脸色。但她的存在，却给这个被刷成土黄色的院落点染了一种深邃、诡秘、恐怖的氛围。她无声无息地出现，又无声地消失，就像是"黄色院落"里的幽灵。

大奶奶临死前的状态也带有诡异色彩，她分明没有到达死亡的边缘，却诡异地消失在所有人的视线里，一直到死。"起初我们还注意着她的行动，提防着她给我们带来不测，怕她猝然死去。可大奶奶的机体分明还没有走到死亡的边缘，整天把床板搅得吱吱乱响。大家渐渐地也就忘记了她的存在……直到有一天楼板发出巨大的震动……大奶奶翻滚到地板上，衣服被她撕光了，出现在大家面前的就是这样一个秃光了一切毛发的丑陋的老女人。"大奶奶以这样诡异的方式死亡，又给整个院落蒙上了一层诡秘的面纱，同时也宣告了整个家族的初步解体——紧接着不到六百字，三奶奶、二奶奶也相继离开了人世。奇诡的氛围在此达到了高潮。

这种以人物点染氛围写法，与巴金在激流三部曲之一的《家》中营造的"高老太爷"形象，有一定的相似之处。

高老太爷的出场次数，也是很少，但是每一次，都是以一种绝对权威、顽固的姿态出现。高家大院里发生的事，他几乎无所不知。读者在欣赏《家》时，时刻处在一种惶恐、掩藏的心理趋向，因为潜意识里总会担心高老太爷的突然出场。

就是因为这个形象，整个"家"都笼罩在一种绝对的封建高压、家长制之下，对于情节的推进、氛围的营造有很大作用。从这个角度来看，大奶奶与高老太爷的形象，在作用上是有共通之处的。即通过高老太爷，营造了蜀中高家大院令人喘不过气来的氛围；而通过大奶奶，却是营造了江南地区深深的庭院里特有的波诡云谲。

但是，如果从审美效果来看，这两个形象又有巨大的差异。首先，高老太爷就是个十恶不赦的坏人，他最后的灭亡，代表了封建制度的崩塌，读者几乎不会对其产生怜悯之情；而大奶奶却是一个"不好不坏的普通人"。她喜欢切切查查，言人之所短，背后嚼舌根，但也是人之常情。故此，看到她的毁灭，读者会产生怜悯、恐惧之情。

二奶奶形象分析

二奶奶是小说中最具有特点的女性，首先她是先天残疾的人——哑佬，其次，她是个"讨饭的"，处于社会的最底层。她与爷爷的结合是不可告人的，是整个"黄色院落"里的人都羞于往外言说的，是"败坏门风"的。这样一来，她在这个家族里的地位，就远远低于大奶奶。

但是，她与大奶奶最大的不同之处，就在于她有极强的适应

只为遇见
ZHI WEI YU JIAN

力，且有足够的行动能力，去对抗这个恶浊的环境。表面上看，她一直是"讨饭的"，爷爷也"根本没想娶她为妻"，就连"我"，也根本没想过把她叫做"二奶奶"。然而事实上，她过得相当不错，至少不比大奶奶差，在很多时候竟然取代了大奶奶，成为了"当家的"。她总是对"我们兄弟姐妹们"呼喝，指使"我们"干这干那，竟颇有"大老婆"的架势。在妈妈私奔之后，不同于大奶奶一天到晚的抱怨，她"经常在村里村外捕捉消息，她追踪一切在近旁活动的生意人，连要饭的也不放过"。

理论上说，能够适应环境的人，往往不会被环境淘汰。但二奶奶却犯了人伦上的错误，与父亲关系颇为暧昧，并且暗中挑拨离间，致使父亲与爷爷反目；又暗中出谋划策，让父亲强娶了母亲。她自以为这样的做法可以巩固甚至提高自己的地位，但实际上却是一步一步地葬送了自己，由此产生了伦理悲剧。

三奶奶形象分析

三奶奶的悲剧则是不折不扣的命运悲剧。她原本是强盗头子的妻子，爷爷曾与强盗头子有过一段交情。这段交情出现裂纹是源于强盗头子的一番话。

因爷爷一直苦于不育，强盗头子曾"拍了拍爷爷的肩膀慷慨而猥亵地说，你几时需要我就捎封信吧，我保证随叫随到，因为这种事情我们都是乐意干的……爷爷顿时不悦，撕下了脸面……特别指着强盗头子说，你早迟会后悔的，当心你自己的女人！"这话一语成谶。

强盗头子的存在一直使爷爷如鲠在喉——在对此心理的描绘上，作者是相当成熟的，成功刻画了江南小地主在缺少保护的环境下的焦躁。爷爷后来一枪打死强盗头子，又抢了强盗头子的妻子，使她成了三奶奶，这不得不说是对之前那番狠话的印证。而接着，三奶奶怀孕，却被大奶奶指出这不是爷爷的骨血，而是强盗头子的"孽种"。再后来，长大成人的父亲无论是样貌还是行为果然酷似强盗头子，并且与爷爷反目成仇，两人几乎是形同陌路。

父亲就像是被打死的强盗头子，他以一种新的方式参与到"黄色院落"的生活里，用一种新的方式瓦解这个小地主家庭。他同样也夺爷爷的妻子（与二奶奶关系暧昧），这里有一种天理昭彰，报应不爽的即视感。

看着爷爷、强盗头子、三奶奶、父亲之间错综的关系，会深深感觉到人就像吊在线上的木偶，被一股不可抗拒的伟力操纵着，渺小而可怜。命运似乎给所有人都定好了路子。爷爷能杀掉强盗头子报当初侮辱之仇，却必定与父亲反目；父亲能得以安然成长，却必定将家族导向末路；三奶奶得以寿终，却必定处在"黄色院落"

里最尴尬的位置……

所以，把三奶奶的悲剧命运归纳到天命悲剧一栏，应该是合理的。

三

《黄色院落》中的悲剧事件

《黄色院落》中的悲剧事件，从小处着眼有很多，它们连缀成了小说的主体；由大处着眼，其实就是一整个家族的衰败，家族中人个性的丧失。正如作者所言："我想大约每一个家族如此，每一个社会如此，它们最后都在无休止的摩擦中结束自己的历史。"

悲剧事件的深层原因

从小处着眼，诸多的悲剧事件有不同的原因。大奶奶是性格悲剧；二奶奶是伦理悲剧；三奶奶是天命悲剧；爷爷与父亲则更加复杂，很难归入某些悲剧的类别中去，暂时可以将他们独立出来。但是，从任何一个角度考量，个人的悲剧已经没必要去探求原因，这些人物的经历、死亡，共同汇聚成了整个"黄色院落小地主家庭"

的悲剧。

这个悲剧，从大处着眼，是因为腐朽的社会制度，影响了整个家庭的构建；剧烈的社会动荡（如爷爷的朋友当起了强盗），促使了整个家庭的畸形发展；诸多看似偶然实则必然的因缘际会（如爷爷对借宿的哑佬下手，父亲见到母亲并被迷得神魂颠倒等），加速了整个家庭的毁灭。这些都是真正的深层原因。

所以，《黄色院落》这部小说，除了情节上的生动性之外，是"有所指"的，因此它虽然有着波澜起伏的情节，但却绝不虚浮。它扎根于江南农村，又有非常真实的时代背景，有足够的现实与社会基础。

悲剧事件的结局探究

悲剧事件的结局里，"死亡并不是必须的。"悲剧性事件的悲惨性，即悲剧主角所遭受的失败、伤害甚至痛苦等因素不能片面地、肤浅地理解为其肉体上的死亡或伤害。

就如悲剧《美狄亚》，悲剧主角本身并没有死去，而是在报仇之后寻找到了容身之所，并且骑着毒龙安全逃离。但是，《美狄亚》仍然是一出不折不扣的悲剧，这主要原因是人的本质能动性、创造性、合乎人类本质发展方向的目的性愿望被严酷的客观规律所否定，导致了"人性的毁灭"（高尔基）。

作者在第四篇和第十篇连续发出了同样的感叹："美丽多情的女人总没有一个好结局。"定下了整部小说的基调，所有的女人，死的死，逃的逃，除了与"我"年纪相仿的姐妹们之外，成年女性一个都没有剩下。爷爷与父亲活了下来，爷爷甚至诈尸还魂，并且有了返老还童的迹象，但是，他们虽然活着，但却绝不能算是喜剧成分。因为无论是爷爷还是父亲，他们作为人性最美好的"理想"，已经完全丧失了，他们不会再有追求——父亲会浑浑噩噩直到死亡，爷爷也会与孩子们争抢东西而弄得面红耳赤。因此，从结局上来看，活下来的爷爷与父亲，保留下来的是两个有缺陷的人格。并且，以"黄色院落"为题，显然是经过深思熟虑的，因为最后爷爷与父亲守着的，只是一个越来越破败的"黄色院落"。女人们不见了，家里的事情能否由年迈的爷爷或者是除了干田垟、繁殖后代和骂人之外什么都不会的父亲来做？所有这一切，我们都不得而知。

母亲表面上看是与篾匠私奔了，但两人能否真正到达目的地？能否找到幸福？我看未必，甚至，他们的失败是必然的。因为即便是最初，身体完好的母亲带着腿脚受伤的篾匠，都没有达到目的地，而现在，是已经被关了几天几夜的母亲和受了更重的伤的篾匠，他们能成功吗？换句话说，就算他们成功了，能够得到幸福吗？

因为母亲毕竟是不能再生育了的，篾匠初时不在意，但是到了以后，难免会有芥蒂。所以，母亲与篾匠，最终也是导向茫茫不可及的前路。前路有什么？会遇到那样的色鬼医生吗？我们同样不得而知。

并且，母亲能够抛弃家庭与子女与外人私奔，其实从人性上来说，她的人格已经不完整了，因为她的亲情已经出现了沦丧。这种沦丧，是在父亲非人一般的折磨下出现的。

所以说，《黄色院落》这篇小说，不会流于肤浅的悲惨经历，它足够被称为"悲剧"，因为从结局来看，它非常明显地体现了一个人性沦丧的过程。

4

《黄色院落》中的艺术手法

首尾呼应的处理方式

首尾呼应，是《黄色院落》中比较常见的手法，尤其是用在几个女性人物的结局上。

大奶奶在"新婚第一夜就给爷爷尿了一身湿，那禁闭了一天半夜的尿肆无忌惮地湿了半张床，一直拖到楼下，湿了一小块地面"。在后来，为了让大奶奶生育，爷爷找寻了很多中药，虽没有让大奶奶成功怀孕，却误打误撞将她的"夜尿"给治好了。但是大奶奶死后，收拾的人却看见，"那一泡尿还是玷污了床、地板和她的身子，并且拖到楼下，湿了一小块地面。"

大奶奶的病，从治好再到回归原点，她的晚年极度爱干净，"青年时期邋里邋遢的大奶奶这回却绝不让那些脏东西玷污了身子"，但是死的时候却仍旧湿了一身，这是何其讽刺！

二奶奶在"一个月黑风高的夜晚，还飘着朵朵雪花"的时候，闯进了这个黄色院落，突兀地进入了爷爷的生活。文章中一次又一次地写道，二奶奶有点怀念以往讨饭时候那种自由不羁的日子了。在死时，二奶奶"头朝着北方，作出拼命挣扎的状态，带在身边唯一的物件是讨饭篮和打狗棍。这一情景恰好对应了她的全部的人生历程，把开端和结尾连贯得毫无纰漏，使得一家人惊讶不已。"

空空地来，空空地去，二奶奶为什么会选择离开？为什么会选择重新成为一个"讨饭的"？是因为厌倦了"黄色院落"里的生活？这里的空间留给读者去想象。

爷爷每天背着猎枪出去晃悠，即便是大奶奶，也不相信他有那个胆量、本事去找强盗头子的麻烦。但爷爷偏偏就不明不白地打死了强盗头子——居然没有丝毫阻碍，更离奇的是杀了强盗头子还全身而退。强盗头子的妻子也就不明不白地来到了"黄色院落"里，不明不白地成了三奶奶。她的经历算是最悲惨的了，丝毫没有因为父亲的降生而提高些许地位。其结局更是悲戚——不明不白地死在院子里的棺材里。

不明不白地来，不明不白地离去，她的结局，同样给人回归原点的感觉。

高度集中的冲突

《黄色院落》里的冲突很多，爷爷、父亲、"我"与三位奶奶之间，都有各自的冲突；三位奶奶之间的冲突；爷爷与父亲的冲突；"我"与父亲的冲突；父亲与母亲的冲突……有限的几个人，细细去看，几乎每个人之间都有或大或小的冲突，相当的密集。

《黄色院落》的处理方式，是将极为密集的冲突，限制在一个小小的"院落"内部，限制在几个人物之间，形成交错的复杂关系网。这样一来，冲突就显得异常激烈，带动情节急转变化，波澜起伏，大大增强了小说的可读性。

5

结语

总体把握《黄色院落》，会发现它的主线非常清晰——就是整个家族从兴起到破败崩坏的全过程。"黄色院落"的窗眼越来越小，越来越成为一个"黄土堡垒"，它在抵御强盗的同时也限制了院子内部的人的活动，把人的视线也限制在了那一角的天空上。

到了最后，当院子里的人死的死，逃的逃，整个家族分崩离析的时候，作者写道："可我分明看到了枪眼旁边自上而下的一道长长裂缝，我知道这个庭院已天长日久，一切的构筑和堵塞都已徒然，它迟早有一天会土崩瓦解，化作尘埃！"

院落就是整个家族精神的物质载体。到家族末路的时候，无论怎么缩小窗户，都已经难掩颓势。而活下来的人们，却开始走出"黄色院落"，去探索外面的天空。所以，是家族末路，还是下一代人的新生？我想，读者的心里已经有答案了。

广幸庄典型环境的多元价值

—— 读陈大健短篇小说集《红叶如血》

陈大建的短篇小说集《红叶如血》，收录了《樟树坪旧事》《像桃的女人喊我是李》《红叶如血》等十六篇精品力作。值得注意的是，大部分故事都发生在一个叫广幸庄的小镇——就算不是发生在广幸庄内，也发生在离小镇不远的小村庄（如樟树坪、东岙、西岙等），并且这些小村庄或多或少与广幸庄保持着联系。也就是说，大部分小说都以广幸庄及其周边区域为生发背景，我们姑且称这个片区为"广幸庄区域"。

这片区域以及生活在此的人们，共同构筑了《红叶如血》这个小说世界。

那么，作者为什么要构筑出这样一个故事背景？这个背景对小说氛围的营构，对小说中人物性格的形成以及小说的审美意味有什么影响？这里其实涉及到"典型环境"的问题了。

1

广幸庄典型环境的精心构筑

所谓的典型环境，是指"充分地体现了现实关系真实风貌的人物的生活环境"，它是富有特征的个别性和概括性的有机统一。不是每一篇小说的生发环境都能被称为典型环境的。哪怕某个环境是现实中真实存在的、具体可感的，也可能会因为作者的处理不当而失去其典型意义，这样的环境只能充当一个故事背景，难以上升到典型环境的高度。但是小说集《红叶如血》中的"广幸庄"，却因为既有自然风光上的独特性，又有紧密联系时代的概括性而具有了足够的反映力度，可以被定义为典型环境。

广幸庄的自然环境

广幸庄的独特性，首先体现在自然环境上。

这里的自然环境是一个泛化的概念，包括山水风光和小镇的建筑式样、地理位置等方面。在小说集的第二篇《像桃的女人喊我是李》的开头部分，就能让人清楚地感受到广幸庄的清丽、古朴和自然：

江南已是烟花三月，古镇广幸庄生机勃勃又羞答答。就在这么个阳光明媚的午日，一个曲线优美的女人在宋朝古砖上行走，成了古砖街一道游动而亮丽的景致。

广幸庄毫无疑问位于江南，而且还带有浓浓的古韵——作者直言其是"古镇"。从文中还可以看出镇上有宋朝遗留下来的古砖街。

在小镇的周边，有一些并不发达的小村庄，如东岙、西岙。在这些小村里，男耕女织仍然是主要的生产生活方式；而对于需要特意画出线路图才能找到的小村樟树坪，作者更是以落后的交通、遍布村子的参天古樟、贴近原始人的石屋、养蚕取丝的经济来源等方式，将偏僻诠释到极致。

　　仔细看樟树坪的地理位置。在第一篇小说《樟树坪旧事》中，主人公为了完成母亲的夙愿，辗转到了广幸庄，接着搭乘一辆破旧拖拉机，经过"几个钟头拆骨头般的颠簸"，到达了樟树坪。也就是说，僻远的樟树坪，离广幸庄其实没有想象中那么遥远，乘拖拉机走山路，几个小时就可到达。拖拉机顺着蜿蜒的山路上去，加之其本身速度慢，路程上未必很长，所以从直线距离上看，樟树坪应该位于离小镇不远的一座山里。

　　反过来考量——既然樟树坪从地理位置上来说离广幸庄不远，却被描绘得异常偏僻，是否能够说明，广幸庄也不是中心城镇呢？它或许不偏远，但是人流量一定不大，且不算太发达，里面的居民与外界沟通不是很密切，因此很多朴素的民风民俗才得以保留。

　　所以说，从广幸庄本身的自然环境和地理位置来看，应当是具有独特性的，而它本身的"宋朝古镇"头衔，又赋予了它更特殊的含义。普遍性是寓于特殊性之中的，正因为广幸庄具有独特性，具有普遍意义的概括性才得以找到载体。

广幸庄的社会环境

　　广幸庄的概括性主要体现在社会环境上。而社会环境往往通过一些具有代表性的社会事件、社会的总体发展潮流来加以反映。

《红叶如血》中把广幸庄当作故事的生发环境，并不局限于某一时间节点，而是置于一个流动的时间轴上：如《樟树坪旧事》《像桃的女人喊我是李》等文，写的应当是21世纪初的故事；《日月儿上日月儿落》给人的感觉略早一些；《广幸庄人物》则更早，讲的是20世纪七八十年代的故事。

作者选取的故事，都是某个时代很具有代表性的事件，如描绘现代社会中的单亲家庭的婚恋关系的《日月儿上日月儿落》，表达现代都市人寻根、怀旧情怀的《樟树坪旧事》，描写"文革"时期的批斗会的《广幸庄人物·臭才》等。这给人的感觉就是，广幸庄虽小，但却是与外界相通的，外界的政治事件、潮流导向，都在广幸庄内有着直观的体现。

在《日月儿上日月儿落》中，作者清楚地告诉我们：广幸庄是镇政府所在地。这样一来，它受到政治影响就比较大，尤其是在特殊年代，这里面掀起各种各样的政治浪潮也就无法避免了。

广幸庄从某种意义上来说就像是一个小社会，它具有概括性。也正因为广幸庄不大，所以把所有的冲突集中到一起后，才能产生更加震撼的阅读效果。这种冲突的集中未必止于汇集到广幸庄，有时会更进一步到广幸庄内的某个人身上。如《广幸庄人物·刁皮》，就写了李品贵的一生，从土改时期到大跃进时期，从"文革"时期到粉碎"四人帮"，再到最后的改革开放之后，矛盾汇于一人，冲突之剧烈可想而知。而同时，这个人的一生又是具有反映力度的——这个人是时代造就的泼皮破落户的典型，算得上是个典型人物。

综上所述，广幸庄代表的是在一段时间里（大致是从"文革"到现今），经受着外界影响、又带有浓重本土化色彩的江南小镇的典型，它也是那些既有复古倾向又渴望被外界文明同化的文明的典型。作者通过广幸庄这个独具特征的个别性，反映出特定历史时期社会现实关系的真实风貌和总体情势。这里面的总体情势，既包括现实关系的真实情况，也包括了时代的脉搏和动向。

❷

广幸庄典型环境的文学价值

广幸庄作为一个典型环境，既具有典型环境共有的作用，又有其独特的作用。共有的作用包括折射社会矛盾和塑造人物性格；独有的作用主要表现在串联和审美上。

折射社会矛盾

举凡典型环境，必然具有反映、放大、折射社会矛盾的作用。

作者笔下的广幸庄，以从"文革"时期开始到21世纪初的这段时间为轴线，涉及颇多，且触及到了当代社会一些无法绕开的问题。

在第一篇小说《樟树坪旧事》中，作者以第一人称进入广幸庄，并以此为中转站，去寻找素未谋面的外婆。接下来讲述主人公在外婆的居所——樟树坪的所见所闻所感，主要是所闻，构成了"旧事"这一核心内容。

在小说中，"我"的母亲是如何离开樟树坪，并且与舅舅和母亲断绝了亲人关系的？一切都归因于一支外来的矿石勘探队：

> 然而就在这个当儿，樟树坪忽然热闹起来，一队带有各式各样古怪仪器的人进驻了，他们每日上山这边挖挖那边敲敲，令樟树坪老辈们不禁摇头侧目而视，而小辈们却被感染得心旌摇荡。

可以看出，这就是来自外界的文明对闭塞山村的影响与冲击，对几百年以来固守的生活方式的破坏。开采山村的矿石，能否成功尚且不说，但对山村造成伤害、对环境造成破坏却是不可避免的。作者旋即写道："几个月后，樟树坪的山被弄得伤痕累累。"

当下的思想潮流，古村落是值得保护的，何况是像樟树坪这样独特的村子。勘探队开采矿石，从发展经济的角度上看无可厚非，但客观上也给古村造成了损害，而且最终的勘探结果是，这里只是个贫矿区而已。本来，在给大山造成了累累伤痕之后，必要的修复工作是少不了的，但是这支队伍，却在勘探结束之后，"勘探队员们拍拍屁股走了，樟树坪就像度过了一个梦魇，重新归于平静了"。

为什么说是"梦魇"？梦魇，是指"梦见可怕场景，醒后尚感紧张，心悸，冷汗"。这是一个带有很强主观情绪的词，传达了作者对此事的愤愤不平。

从作者的笔触里面，我们可以读到一个有良知的文人的隐忧——连樟树坪这么偏僻的地方都难以逃脱现代文明的冲击，还有多少美的、朴素的东西能够在大发展的现代文明中留存呢？这是一个时代的命题，发展与保护，本身就是一个悖论。

除了这个矛盾之外，还有一个小说内部的问题，也是整篇小说的悬念所在——"我"的母亲之所以断绝了和外婆、舅舅的关系，是因为她抛弃了舅舅，和勘探队长私奔了。外婆哪怕进了城里，也始终不愿意见女婿一面，而舅舅也一直因为这个事情耿耿于怀，最后郁郁而终。

一支勘探队，不仅仅给大山带来了伤害，还把这种伤害加之于人，当然，后面故事有虚构成分，但可以反映出作者的态度。而基于这种态度，作者将这个故事的发生地点定在了"广幸庄区域"，将其纳入了"广幸庄系列"。

除了对时代问题的反映，作者对一些特殊时期的事件，也有真实、独到的反映。这些已经在上文有所提及，兹不赘述。

总之，"广幸庄区域"作为故事的生发地点，作为一个典型环境，把一些矛盾集中起来，强化了冲突，具有一定的社会价值。

塑造人物性格

所有典型环境的一个共同作用是塑造典型人物的典型性格，典型环境从来都是和典型性格相联系的。作者以广幸庄区域作为典型环境，把诸多的人物置于其内，这些人物也就因为有了独特的性格而成了典型人物。上文提及《广幸庄人物·刁皮》中的刁皮，就算是一个典型人物，作者通过一系列事件，把一个地痞无赖的形象刻画得入木三分。土改时期，他贪污从地主家没收的财货，大跃进时期，他想法子不参加大生产，"文革"期间，他又成了政治队长。有趣的是，他每回想要投机取巧，总会败露行迹，沦为笑柄，于是他又具有了丑角的特质。改革开放后，他总算是"做了一件让广幸庄人目瞪口呆的事情，把他一生所具有的刁性推到了顶点"——他"刁"走了别人的寿棺，抢先一步死在了里面，活活气死了原主。

刁皮身上的事件，前三件是带有普遍性的，最后一件又是特殊性的体现，他因此就成了特殊性与普遍性的结合体，具有了典型意义。他的性格，突出一个字就是"刁"，这种刁，是在典型环境的影响下形成的。广幸庄首先是一个小镇，规模不大，而且与外界的联系也未必紧密，这就势必影响到庄里人的眼界，如刁皮，就是一个眼界狭隘的人。再有，在特殊时期成长起来的人，因受时代风气影响，不少人都能在刁皮身上找到自己的影子。笔者认为，作者在创作过程中，应该是借鉴了一个现实中的原型的，再将一些事情加于他的身上，对其进行丑角化的夸张，最终才形成了这个时代造就的泼皮形象。

广幸庄是处在时代浪潮中的典型环境，它对典型人物的性格产生影响是很正常的。而广幸庄本身是个"江南古镇"，保留了宋朝遗风，是个美好的地方，因此她造就的人物势必就不止像刁皮这样的丑角，所以作者的笔下出现了一批美好的江南女子形象。

《樟树坪旧事》里面"我"的外婆，本是个极其不幸的女子，被卖到青楼，最终邂逅了心仪的男子，想尽办法逃出来，本以为可以过幸福日子，可惜外公在母亲一周岁时就被土匪杀害。变成寡妇的外婆却仍然乐观，还收养了"我"的舅舅。外婆具有独特的品质，她像所有的江南女子一样柔婉，却敢于追求自己的爱情；她貌似弱不禁风却能独自扛起生活的重荷，能够凭借养蚕卖丝抚养母亲和舅舅长大成人。

再如《像桃的女人喊我是李》，女主人公李是典型的江南女子，她为男主角恒所误救，嫁给了他，但恒一直思念死去的女友桃，加之李长相、穿着酷似桃，因此恒一直将其当作前女友的替代品，夫妻之间始终有一层无法明说的隔阂。而李是一个温婉的女子，尽管内心痛苦，却不愿让恒难过，因此也从不点破。

故事的结尾，李终于失控地对恒叫出声来："恒，我是李！"这篇小说的主旨是不是歌颂恒至死不渝的爱情，这里没有必要进行论证，但我们可以看到，为了求得在恒心中的一个地位，李从最初的忍耐到怨愤，再到最后的爆发，经历了一系列心理活动。她最后喊出来的话语，是一个柔婉的江南女子对不可替代的爱情的追求，是怨愤与热忱交互到极点的产物，对于这样的女子，我们应该给予赞许。

典型环境影响典型人物性格，最明显的体现在英国作家哈代的作品中。他塑造了一个系列的小说，即"威塞克斯小说"，这是一种"环境与性格小说"。在这一系列的小说中，人物都受到环境的影响。典型的就有《苔丝》。苔丝姑娘生活在农村地区，但是农村正在受到资本主义日渐强烈的冲击，原本的生活方式（私人劳作和地主种植园）为新的生活方式（资本主义大农场）所取代，破产农民心存焦虑无处安身，却又想要闯出一番事业。这种心态也被安置在了苔丝的身上，因此她勇敢地走向外界，进入资本主义农场。以此为基础，故事才得以展开。

只为遇见
ZHI WEI YU JIAN

所以，《红叶如血》中的不少人物形象（尤其是女性形象），与"环境与性格小说"其实有异曲同工之妙。《红叶如血》中塑造了不少刚柔相济的江南女子形象，她们各有各的特点，但无论如何，这样的女子的形成，是与"广幸庄区域"这个典型环境分不开的，她们的所作所为，也需要在这个特定区域里面展现。一方水土养一方人，正是此理。

独特的勾联作用

并非所有的典型环境都能起到"勾联"作用。这里的勾联，指的是不同作品之间通过某些方式相互影响，相互串连，形成一个独有的却更具反映力度的文学世界。

短篇小说集这种形式，很适合于文章的勾联，加之作者把大部分故事的典型环境都设置为"广幸庄区域"，更是一种有意识的勾联思想——每一个剧中人都来到了广幸庄区域，或是土生土长的，或是外来者，他们都不可避免地和这片区域具有了联系，在这种联系的牵引下，各种冲突得以展开。每一篇小说的冲突都发生在不同人身上，且矛盾是不同的，但从宏观上把握，这些又都发生在同一区域里，且都受到该区域自然环境和社会环境的影响。

我们只看一篇小说，当然是无法感觉到这种勾联的，但是当类似的小说被编成集子后，勾联就一目了然了。这种写法，在巴尔扎克的《人间喜剧》中被运用到了极致。《人间喜剧》里的故事以巴黎等地区（尤其是巴黎）作为特定的发生背景，把形形色色的人物置于其上。这些人物包括贪婪成性的吝啬鬼欧也妮·葛朗台，资本家、投机者的典型高老头，也包括成长起来的青年野心家青年拉斯蒂涅，还有如伏脱冷等人。他们的活动范围就是在巴黎及其周边地区——一如广幸庄区域。巴尔扎克通过这样一种方式，将剧中人及其活动联系在一起。而得益于此，整部《人间喜剧》是宏阔而庄严的，作品给我们提供了一部"法国特别是巴黎上流社会的卓越的现实主义历史"，堪称"法国社会生活的百科全书"。在这样一本发生在巴黎区域的大书中，巴尔扎克既展示了社会生活的广度和深度，也不自觉地表现出作家世界观的进步性和局限性。

当然，勾联在《人间喜剧》之中的运用，远不止是限定人物的区域这么简单，"人物再现法"也是一种重要的方式。人物再现法，简单来说就是让一个人物不仅在一部作品中出现，而且在以后的作品中连续不断地出现，它不仅使我们看到人物性格形成的不同阶段，而且使一系列作品构成一个整体，成为《人间喜剧》的有机部分。如伏脱冷，在不同阶段就以不同的形象出现，既是潜逃的苦役犯，又是高等窃财集团办事班的心腹和参谋，又是一个普通的房客，还是一个尚未得势的凶狠的掠夺者；拉斯蒂涅在《高老头》中是个穷大学生，但是在其他小说中出现时，却成了巴黎警察厅的厅长……

虽然人物再现法并没有被应用于《红叶如血》，或多或少减弱了勾联力度，但笔者认为，人物再现法是需要有小说的篇幅作为支撑的，只有在长篇小说中，人物多，且相互极为复杂的情况下，让以前作品中的人物反复出现才成为可能。《红叶如血》是短篇小说集，短篇小说人物少，矛盾集中，如果强行穿插进多余的人物，那会使得结构松散、逻辑混乱。因此，短篇小说集也就无法使用人物再现的手法了。这是篇幅的局限，不应该吹毛求疵。

总的来看，短篇小说集《红叶如血》，把广幸庄区域作为生发故事的典型环境，并在此基础上进行人物塑造，这的确起到了勾联的作用，即构建了一个更加丰富多彩的文学世界，超越了短篇小说的某些局限性，使其不再单薄，而是有了共同的扎根土壤。

三

广幸庄典型环境的审美价值

《红叶如血》描绘了一个有价值的典型环境——广幸庄区域。而基于此，塑造了诸多典型人物，构成了一个独具特色的文学世界。

虽然限于篇幅，这个世界无法说是宏伟，反映的力度也无法深入社会生活各方面，但毕竟是紧密联系时代的。笔者认为，作者创造出这个文学世界，与其说是重在反映时代，倒不如是致力于精心构建它的本身。江南、古镇、淳朴的人们，这个文学世界本身给人的审美意义更值得关注。

习惯了都市生活的读者们，乍一看见广幸庄，一定会为其古风所倾倒，作者对于构想出这样的文学世界应当是自豪的，他把这种情绪融入了古镇人的自信上，住在镇上的李曾经有过这样的感触：

李发觉庄外的田野红绿分明，仿佛刚用水洗过似的鲜亮，前方已重修过的广幸寺，在春阳的照耀下熠熠生辉。李把头一回看村庄，古镇一派宋朝遗风，李的心肠不由一热，李想或许不久的将来，广幸庄会被辟为风景区，城里人会蜂拥到这块僻壤来领略宋朝遗景，到那个时候古砖街就热闹了，那些坑坑洼洼的宋朝古砖就值钱了……

远离人群而美的地方总是有一种独特的魔力，广幸庄就是这样的地方，它以一种独特的姿态，向人展现自己的美好。而且这种展现也被作者有意识地融入到人物塑造当中去——我们看广幸庄系列的小说，会发现里面的大部分人物都是善良的，都有为人所称道的品质。那么，某些小说总是需要有反面人物的，这些人物从哪里来呢？作者选的是土匪。

《樟树坪旧事》中，打死外公的是土匪，《冬天记忆里的两棵树》中，也是土匪打死外公，害得外婆毁容。除此之外，也就没有大恶的人物了。《广幸庄人物》中偶出现个比较"刁"或者"怪"的人，但也绝对无法与"十恶不赦"沾边——反而因为这样一批人的存在，使得这个环境更加丰富，更加具有真实感。广幸庄的美，也沁入了广幸庄人的心中，成为他们的某种品质。

这样的广幸庄，以及这样的人，构成了这样一个文学世界。它是令人向往的，却又是让人忧虑的，一如《像桃的女人喊我是李》中的李所想的：这样的地方，能够一直保持宁静吗？

再现的魅力

——评李鸿《江南小镇的闲适时光》

ZAI XIAN DE
MEI LI

李鸿的散文集《江南小镇的闲适时光》，以一种淡雅洗练的笔触，描绘了一个水乡女子眼中的江南小镇。集子里的散文都不长，大多取材于作者本人在小镇杜桥的生活片段，这些小片段接续起来，构成了一幅闲适的图景。

从文本的艺术性上看，《江南小镇的闲适时光》难能可贵的，是在如火如荼的现代化进程中，再现了一个宁静、慢节奏，并且"具有无限况味"的江南小镇，这种再现，是扎根于整本书的写作方式和情感基调的。在文本中我们可以读到，有这样一个小镇，

只为遇见
ZHI WEI YU JIAN

在车水马龙的都市中少有地保留了本真。可以肯定，这个小镇就是作者生活的地方（杜桥）。

再现艺术以其特有的魅力，从古希腊时代延续至今，可以说是历久弥新。下文将着眼于散文集中的再现，分析其作用和审美效果。

1

什么是再现

布洛克在《现代艺术哲学》中说过这样一句话："艺术家所要做的并不是对现实生活中的情景原原本本复制下来，而是将自己以独特的观点所观察到的现实生活的某些方面或性质加以再现。"

这话大致可以概括再现的定义了。总的来说，再现与模仿是不同的概念，但却有一种因袭的关系。模仿是绝对地忠于自然，就像是一面镜子一样去反射现实事物；而再现则需要有选择地进行模仿，并且在模仿时加入艺术家自身的创造性内涵。如果说再现也是一面镜子，那么它绝不是一面机械的镜子，而是"具有创作色彩的幻化的镜子"，它投影出来的看似与现实物象区别不大，但其实已经加入了诸多现实事物没有的艺术元素。得益于这些元素的加入，现实世界中的题材经由这面镜子而转化成艺术的内在内容，外界的事物从而进入到了审美领域。

贯穿《江南小镇的闲适时光》一书的，就是一个"江南小镇"，这个小镇是存在于现实中的。但是，现实中的它还不算艺术，只有经过文本的各种程序的处理，在吸收了作者的情感因素之后，才能在文本中以一种"作者所希望的面貌"出现在读者面前。这个"面貌"，其实就是现实中的小镇透过文本这一镜像而再现出来的，它已经进入到了艺术领域。

2

再现的作用

寓普遍于特殊，塑造典型

艺术再现出来的形象是从个别的、特殊的现实世界中抽象归纳出来的一种普遍性质，这实际上涉及"艺术塑造典型"的问题。

李鸿笔下的江南小镇，与其说是她生活的杜桥镇，不如说是结合了诸多江南小镇的特色的一处世外桃源，是以杜桥镇为模仿的物象，经过艺术加工而再现给读者的一处江南理想小镇的典型。

我们先来看作者概括出来的普遍性：

> 我所居住的小镇，阳光饱满，雨水充沛，空气中有花的香郁和草木的清新。
>
> 小镇给人的感觉总是安详而闲适……青石小路、木质楼房、石头窗花、白墙黑瓦，就像是一幅山水画。

"安详而闲适""就像是一幅山水画"之类的句子，其实是可以用来描述很多处水乡小镇的。"青石小路""白墙黑瓦"，更是与几乎所有江南小镇相连。这些特点用在杜桥镇当然也行得通。

这些词句是概括性的，是通过提取无数江南小镇的特点而汇总出来的产物，符合所有人对江南小镇的期待，给人一种画面感。但若是仅仅用江南小镇的普遍特征来写散文是不够的，因为这会使文章苍白无力，大而空。杜桥镇总有其自身的特殊之处，对于这一点，作者也没有忽略：

> 它的格局类似于井字形，二横二纵的四条道路，中间的巷陌摇曳着伸展开来。

杜桥镇的布局，无疑是具有特殊性的，而且这个特殊性是不可复制的，三言两语的讲述，不但干脆利落，还很有画面感。亚里士多德说过："优秀的肖像画家……他们画出一个人的特殊面貌。求其相似而又比原来的人更美。"我想，写作也具有异曲同工之妙。

但是，《江南小镇的闲适时光》的妙处并不是概括出普遍性，也不在于准确描摹出特殊性，而在于每次写到小镇的风光时，总能先用具有普遍性的语句描绘出大概，点染氛围，再在普遍性语言中间歇地穿插杜桥镇独有的特点（如上文写小镇格局的这句话，就被插在"小镇给人的感觉总是安详而闲适"之后），这样看似是将特殊性插入到普遍性中，事实上正好相反——读者在阅读文章的开头部分后，已经知道这是杜桥镇，因此在看到那些普遍性的语段时，反而会有意识地将其当成是杜桥镇的特色之一，反而是寓普遍性于特殊性之中，将普遍性与特殊性完美结合。

用这种方法写小镇有不少好处：因为熔铸了江南小镇的普遍的特性，所以每位见过江南小镇的人都可从中找到自己的触动点；而这些词汇本身是具有较强画面感的，对于那些没有见过江南小镇的人，也可以凭这些词汇在心中构想一个江南小镇的形象，符合他们的期待。再有，由于作者在描写该小镇的特殊性时也花费了不少笔墨，所以读起来不会有套话之嫌。

产生审美幻觉

再现不但熔普遍性于特殊性之中，塑造了典型，还具有一种独特的升华作用。

在《江南小镇的闲适时光》一书中，作者将诸多江南小镇的美好特质都熔进了杜桥镇等几个特定的小镇中，并辅之以这些小镇自身的独特之处，塑造了一个个宁静祥和、古色古香的江南小镇的典型形象，这典型形象也就是亚里士多德所说的力求创作出比现实事物更好的或者更坏的艺术形象。显然，这些小镇是比现实的小镇更美好的形象，而为了做到比现实更美好，就要进行主观化的加工。所以我们说，再现的典型形象源于生活又高于生活。这种再现实际上提出了关于现实真实和艺术真实的关系问题，而在这两者的共同作用下，就会产生审美幻觉，这也是再现艺术之所以几千年不衰的重要原因之一。先来看看书中小镇的几个特点：

◎安详闲适

小镇给人的总体感觉是安详、闲适的。和这点相对的，就是在这里面生活的人，也都是"安逸而闲适"。如《擦鞋工》一文，作者用"他"的独特视角，写一个在街角屋檐下以擦鞋为营生的人。

写"他"的心理活动，写"他"的生活日常，写"他"遇见的人……总之，文中的擦鞋工虽然处在社会底层，还挣扎在温饱的边缘，但是他始终热爱自己的职业，勤勤恳恳地靠手吃饭：

他不会敷衍任何一双鞋，不管是开车来的还是路过这里的，他都开心地为他们擦鞋。每次看到他们穿着油光闪亮的鞋子转身离去时，他都会开心地笑一下，内心也随着这一笑明亮而温和起来。

虽然每擦一双鞋才收两元钱，但他的态度无疑是极为认真的，他活得安心而踏实，虽然偶尔会因为没有生意而苦恼，但却没有成天想着怎么摆脱这份营生，更没有想过投机取巧。在空闲的时候，他会遥望对面的美容店，留出充足的时间给自己遐想。精神的富足填补了物质的匮乏，他发现自己越来越喜欢这份工作，并且有一种莫名的感动：

他不曾去想更多更远的事，觉得这就是他的生活。

小镇的氛围滋养出了他的人生态度，宁静的老街无法给他更多余的念想，古朴的街道无法教会他如何钻营。所以他始终单纯而快乐。如果是在大都市的街头做这份工作，这个擦鞋工或许就不能这样淡然地面对伸到他面前的鞋子了。

如果我们从现实的角度来看这个故事，就不得不产生一些疑问：小镇里的擦鞋工真的是"安逸"的吗？这种微薄的收入真的能满足温饱吗？一个外乡来客，孤苦无依地来到小镇，并在这里以擦鞋为业，他真的能对这个小镇产生归属感吗？他真的安于眼前的营生，没有想过往高处走吗？……

为什么会产生这类问题？很显然，我们对这个故事的现实真实性产生了怀疑。但是，这个故事用艺术性的眼光来看，却又是完全合乎逻辑的，这个擦鞋工或许在现实生活中真实存在，而作者则是被他辛苦工作又毫无怨言的特质所吸引，将心中美好的元素加至其身。于是，这个人也就在文本中被再现了，他带着这些美好却又与其本身不冲突的品质进入了艺术审美领域，让读者在阅读文本时放弃探寻"现实真实"的问题，转而去相信艺术真实。

◎ 保持本真

小镇受现代化的冲击相对小一些，保持着宁静与慢节奏。

这是作者努力想要传达出来的小镇的第二个特点。在《渐行渐远》一文中，作者回忆了她十四岁时曾来小镇跟随外婆一起生活，后因外婆的去世而离开小镇。多年以后，她又回想起小镇，并且回到那里小住。在此时的作者看来，"小镇仍是印象中的小镇，静悄悄清幽幽的，似一个未醒的梦"。

　　小镇的街道仍旧是曾经最熟悉的青石板，虽然有一些店铺消失了，但是卖凉草糊的店铺和绣荷包的老店仍然在，外婆住过的木楼也没有变。在经历了物是人非的感慨之后，作者突然"感到一丝温暖"：

　　　　尽管岁月变迁，时光飞逝，但我心中的小镇仍以不变的姿态保持着她的那份质朴和典雅。

　　在作者笔下，她与小镇的再一次邂逅是温暖的，因为小镇以它不变的古朴与从容迎接她那颗被城市污染了的心灵，水乡小镇特有的纯澈带走了她积年的浮躁与不安，在小镇里，她找到了少女时期的诸多痕迹，这让她心存感激。

　　从文本中解脱出来，我们又会想问：小镇真的能够将那么多的东西保留下来吗？它或许受到的现代化冲击少一些，但是明里暗里的受到的影响是必不可少的。为什么作者说"以前这条小街有许多店铺，不知为什么，现在全没了"？她是真的不知道为什么吗？还是感到无奈，不说也罢。我想答案已经很清楚了。

　　虽然从外表上看，小镇依旧古朴典雅，但是住在小镇中的人在减少，更多的人去往外地谋生，那些传统的店铺已经没有生存空间了。这难道不是一种巨大的变化吗？作者明明目睹了这样的变化，却为什么仍然说小镇以一种"不变的姿态"给予她温暖？

　　用现实的眼光看，这里的确足以形成矛盾，但若进入文本营造的情境中去，却又会觉得这是自然的：作者的原话是"我心中的小镇仍以不变的姿态保持着她的那份质朴和典雅"，在小镇之前有一个定语"我心中的"，也就是说，她所感受到的小镇不是现实层面的小镇，而是融合了她年幼时美好记忆的世外桃源，这些记忆有和外婆一起生活的温馨，也有少女的青涩与悠闲。总之，这个小镇是在艺术领域再现出来的，它带有作者本人很浓的个人情感，是独属于作者的小镇。作者更看重的是小镇的艺术真实而非现实真实。当作者再次回来小住，小镇仍然带给了她童年时的感觉，因为这里毕竟是偏远的，即使有了变化，但与她所生活的城市仍然形成了巨大的差异，这种差异感势必会放大她对小镇的好感，让她收获不一样的感动。

　　◎传统气息浓
　　小镇没有浓郁的商业元素，因此很多传统的手工艺在这里汇集。
　　这几乎是小镇最为迷人之处了，古朴的沉淀并不仅仅依靠上了年纪的青砖与白墙，还需要有守候着古朴生活生产方式的人们。

传统手工艺在小镇里汇集，也不仅仅是这些手工艺店铺的简单堆积，还包含着一批以此为营生的人在这里安家落户。正是因为有这批人，才让传统手工艺有了依托，有了延续下去的希望，小镇也因为有了这批人的入住而更有古韵。在作者的笔下，小镇的老街有一种不可复制的美：

> 临街的铺子一个挨着一个，那些几乎消失的老行当，在这条不长的老街上比比皆是：打银器的、修手表的、钉秤的、打蜡镶的、做裁缝的、做扁担的、编竹篮花圈的、补鞋的……一个店铺一种风格，有一种旧时光的缓慢和宁静。

而守着这些店铺的人们，则是低头专注地做自己手上的活计，"尽管外面的世界繁杂而喧嚣，他们仍然安心地守候着这份安静。"我想，人间之清味，大抵便是如此了。他们和没有片瓦遮头的擦鞋工不一样，小小的店铺虽不可能日进斗金，但足以养家糊口。守着店铺慢慢变老，和这老街一样安详而美好。

已经没有必要再去探究这段话的现实真实性。首先，这样的老街在小镇是存在的，但是这样的老街在任何一个小镇中都不会多，它代表不了整个小镇，而在上文中已经清晰地写到"以前这条小街有许多店铺，不知为什么，现在全没了"，可见即便是这样的老店铺，也正在消亡。随着老一辈人的离去，他们的后代真的还能守住这些铺子吗？还有人会安心地学打银器、做扁担、编竹篮花圈吗？

总之，透过小镇的三个特点，我们可以看见作者的写作态度。她注重再现一个充满艺术真实的小镇。江南小镇的三个特点都是美好的，但是每一个特点又都是经不起用客观现实的思路去细细推敲的，是"过分美好"的。但是，正因为这样一个过分美好的小镇，才能给读者以美的体验，读者更愿意相信这样的小镇存在。这样一来，读者和作者就达成了巧妙的一致，即两者都接受艺术真实，而不去深究其现实真实性。正是在这样的心理的作用下，读者才能进入到审美领域。

现实中的小镇或多或少都有缺憾，而文本中再现的江南小镇却没有，这在现实中是不合理的，但是作者给予了恰当的处理，使之在艺术上符合普遍的规律性，一个美好的江南小镇就这样诞生了。

当然，艺术真实是扎根于现实真实的，而为了与现实真实相区别，就需要对现实题材进行提炼与升华。之所以说典型源于生活又高于生活，也就在于典型是经过提炼的。再现艺术以感性经验世界为基础，配合人的视觉、心理需要营造一种与现实事物外表相似的但又更具艺术真实性的艺术世界——书中的江南小镇可以看成一个独立的小世界，一个世外桃源式的净土。当读者在观赏这个小镇时，极易在一种现实真实性和艺术真实性的虚实相生效应中，产生一种仿佛真实、真假莫辨的审美幻觉。

审美幻觉的好处就在于可以极大地激发人的想象力。李鸿笔下的江南小镇因为审美幻觉的存在而具有了"无限的况味"。而幻觉本身具有的朦胧性，又给江南小镇蒙上了一层神秘的面纱。

情感的净化

艺术能够打动人，是因为它能对人的情感产生影响，让人产生欣悦、恐惧、怜悯等一系列情绪。亚里士多德提出了"卡塔西斯"一词来描述艺术的情感效果。"卡塔西斯"具有"净化"和"宣泄"的双重意义。李鸿的散文集《江南小镇的闲适时光》，通过再现了一个具有艺术真实的小镇，唤起了读者的审美幻觉，让读者沉浸到自己精心营构的艺术世界中去，因而也具有了"净化"与"宣泄"的效果。而对于作者本人而言，为了营造这样一个小镇，就要相信这样的小镇的存在，在构建的过程中，实际上也经历了"净化"与"宣泄"。

◎对作者的情感净化

李鸿是土生土长的水乡人，故乡是小镇的边缘，她后来工作的地方就是这个叫杜桥的小镇（见本书第一篇文章《江南小镇》），可以说，江南小镇已经融入了她的生活，在她的成长中留下了不可磨灭的印记。

她对古朴宁静的江南小镇有一种发自内心的热爱，这种热爱掩藏不住地出现在文字中，本书出现频率最高的词，当属"喜欢"。并且作者往往会在其前面加上一个程度副词"特别"。从书中找出几例：

1.我喜欢西街这种接地气的街市，不动声色却特别有味道。

2.越来越喜欢安静了，那些鲜活生动的词语也离得远了，看书、写字变得迟钝，书桌上有白色的杯子，浅浅的水，沉稳而寂静。

3.喜欢，是一件暖心的事，对一件事、一个物，或者一个人，一首歌。我喜欢廊桥……

4.尽管初秋的萧瑟让这个园子有些冷清，却别有一番清静。这种远离人声、车声的自由和安宁，让我一下子就喜欢上它。

作者喜欢小镇宁静的街市，喜欢小镇中安闲的时光，喜欢小镇的廊桥，喜欢位于小镇的园子……小镇里所有美好的东西，她都喜欢，并且深情地将之呈现给读者。很显然，这些"喜欢"的东西，不可能是凭空想象出来的，必定是作者在亲历之后得出的。

散文是难以高产的，李鸿笔下的这类亲历型散文，更是需要时间的打磨。作者是先有一个出散文集子的想法，再在日常生活中积累素材，有灵感则写，最后积少成多，编纂成一书。所以，她有很长一段时间是在寻觅与感悟之中度过的。

有特色的小镇毕竟不多，这就需要去寻觅，寻到之后，就需要抛开琐事深入其中去感悟。只有这样，才能概括出江南小镇的普遍特性，才能发现江南小镇的特殊性，才能将之融合，提炼构想出心目中的江南小镇之典型。

在这个过程中，作者正如书中所写的那样，她抛开了世事几多烦恼，为自己的心灵找到了一处安放之地。江南小镇特有的宁静祥和净化了她的情感，让她得以在诗意的构想中恣意遨游，这是小镇对懂它的人的馈赠。

◎对读者的净化作用

读者在阅读《江南小镇的闲适时光》时，感触最深的必定是小镇的美好。其实，小镇美，人更美，作者笔下的每一个人，无论是做美容的百合、年纪过百的"公公"，还是老街屋檐下的擦鞋工、开面馆的小罗，都是普通得不能再普通的小人物，他们虽然平凡，但却各具特色，身上都有一种让人肃然起敬的好品质。

全书中写到的人物还有很多，但是所有人都是善良而温婉的，他们的性格与美好的江南小镇相呼应，或者说，江南小镇养育了这些美好的人。

这些人，这样的小镇，构建出了一个平和冲淡的文学世界。在这个世界里没有钩心斗角，社会的黑暗也不再是揭露的重点，我们可以跟随文章中的"我"，一路看下来，欣赏小镇独有的幽深，接触这些质朴的人……读者在一种边走边看的阅读状态中，原本紧绷的心灵得到舒张，世事的不顺也暂时抛开，有的只是心灵的宁静与思想的欢愉。这个欢愉来自于相信，相信有这样一方净土。这样的情绪可以起到净化作用，让读者维持心理上的平衡。

三

再现下的隐忧

李鸿通过再现，创造了一个唯美的江南小镇典型，这种再现手法其实是"熔各种美好于一炉"——江南小镇的美的特质，都可以在书中找到。但是，这样的写法其实容易导致这本书只具有审美价值而没有社会价值。

细细研读文本，我们会发现文本的社会价值并没有缺失，作者虽然给我们再现的是一幅诗意的山水画卷，但文字深处却已经隐含着一种淡淡的忧愁。作者自己也清楚，现在的小镇已经处在消亡阶段，她可以通过文字去构想一个"不变的小镇"，却无法阻止质朴的小镇在现实中消失。

这种隐忧在文章中数次出现。如在《三轮车夫》一文中，作者先是写了三轮车"有一份家居式的悠闲"。这就可以体现出作者对它的赞赏之意，因为这种悠闲不正好与《江南小镇的闲适时光》中的"闲适"暗合了吗？三轮车就如同小镇的标志，装点了小镇的慢节奏。但是，这样的三轮车却正在受到严重的冲击：

最近，小镇突然出现了许多桑塔纳"的士"，我不知道它们的出现对于三轮车夫是一种怎样的压力。许多东西原来有，后来就没有了，或者原来没有，后来又有了……我不知道小镇的三轮车夫在今后会走出怎样的一条路来。

这段话表面上看是对三轮车夫的生计的担忧，实际上却是对小镇闲适生活方式能否留存的担忧。"的士"必定是应需要而出现的，而许多"的士"一起出现，表明小镇的生活节奏已经加快了，并且小镇中的人们已经习惯了这种快节奏的模式。这种转变是不可逆转的，对于想要保留小镇的闲适感的作者来说，这无疑是一大打击。

只为遇见
ZHI WEI YU JIAN

在《小面馆》一文中，作者写道：

早些年，海宁街还没拆通时，街上挤满了低矮的木楼……有些人将临街的房屋改成店铺……那时的街随意、自由，街头随处可见一些卖糕点的小店，空气里时常散发出诱人的香甜味。现在，擦肩而过的大多是一些匆匆忙忙的身影，上班的，上学的，遛早的，做生意的。各色表情写在一张张面孔上，却很少有人停下来留意街角垂挂下来的那些藤条和花朵。

这里就更加明显：生活方式已经变了，生活节奏的加快让人们再也难以欣赏自然美景。小镇是由人造的，小镇上的人都变了，小镇还能保持多久的古朴呢？

上文提及，作者看到那些传统的店铺大多已经消失了，这或许就是生活节奏加快造成的后果。现代化对小镇的冲击往往是侧面的，通过影响小镇中人的生活观念，让他们不再习惯于闲适，总想找事情把自己的时间填满。当空余的时间被实用性的工作填满之后，带有游戏性质的审美就很难开展。作者把一篇文章的题目定为"渐行渐远"，原意是她虽然来镇上小住，但没几天就要回到"喧哗"的城市里去，离小镇越来越远；但从另一个角度看，小镇又何尝不是离所有人越来越远呢？

一本可以当书读的字典

——王玮《部首演绎通用规范汉字字典》

近日翻阅王玮先生编纂的《部首演绎通用规范汉字字典》，受益良多。

该字典由四川辞书出版社在今年6月出版，不落窠臼，根据字形和字意之间的内在联系，采用独特的"部首演绎"法，将八千一百零五个通用规范汉字分列在二百零五个形义型部首下，形成一套规范科学的编排体系。

时下国人广泛使用的《新华字典》《现代汉语字典》等，均采用音序排列字条，这固然有利于查阅，但从某种意义上说，却破坏了汉字的构字规律和文化意蕴。

众所周知，汉字自产生起，就是

只为遇见
ZHI WEI YU JIAN

一种独特的表意文字。在漫长的演化过程中，经历了多次删繁就简，但仍带有较强的表意功能，并深刻地影响着中国人的思维方式。

按照音序排列字条，最早是西方传教士为了学习中文而做的工作。他们的贡献是在表音文字和表意文字之间搭起了一座桥梁，使西方人得以从音序入手，对汉字进行检索。对于中国人而言，这种编排方式却淡化了汉字的表意特性，影响了汉字在传承文化方面的诸多功能。

《部首演绎通用规范汉字字典》很好地解决了这个矛盾。它充分吸取了《说文解字》等传统字典传承文化的功能，又借鉴了现代字典方便查阅的优点。

出于对传统文化的热爱，我评定一本字典的价值并不仅仅着眼于它是多么详尽准确地记录了多少知识，还要看它能否承载起传承该民族文化的功能。因此，我认为《部首演绎通用规范汉字字典》颇具这样的特色，试从三个层面进行解读。

一是便于识记汉字。按照音序编排汉字的做法，能让我们把汉字与读音较好地联系在一起，但把意义不相关的同音字编排在一起，其实并不适合中国人的思维方式。要是按照部首排列就不同了——对于表意性强的部首，中国人有一种天然的亲近感，这是一种民族特质。更何况，本书并非局限于按不同部首排列汉字，还将形近的部首罗列在一起，形成形近字的字族，比如将

"老""孝""者""诸""著"字部罗列在一处。

部首相同或相近的字编排在一起，符合"推己及人"的中国传统思维方式，会减轻中国人的记忆负担，提高效率。《部首演绎通用规范汉字字典》的这种编排方法，不管是对于识字不多的人，还是有坚实汉字基础的人，无疑都能享受到查阅的乐趣。

二是便于理解字义。《新华字典》等通用字典主要着眼于罗列每个字组成的词语，书中花大量篇幅解释这些词语。但是，从文字学角度来看，通过剖析单个字的字素可以促进对字义的理解与掌握。《部首演绎通用规范汉字字典》就是一部着眼于对单个汉字进行剖析的字典。该字典还对单个汉字的字义从本义、引申义、假借义等角度进行剖析。如"权"字，其本义是指一种叫黄华木的树，引申义则有秤锤、职责范围内支配和指挥的力量两种，假借义却是"姑且"。当然，在每一种意义后面也会罗列词语，但却不对这些词语意思作详细解释，仅仅是点到为止。

三是可以当作专著品读。我认为，这样的字典是不多的。《部首演绎通用规范汉字字典》按照部首罗列了一个个字族，如果仅是单纯的罗列就会成为一种简单的归类，使用者也会感到兴趣索然。不过，本书的精华之处还在于王玮对每一个部首都进行了形象生动的解读。如"夭"部，王玮是这样解读的：一是像人头部屈曲形；二是像一个人两臂摇晃的样子。如"己"部，也有两种解读：

只为遇见
ZHI WEI YU JIAN

一是像人的腹形；二是像绳子形。

这样对汉字部首的解读方式，无疑会让读者这个部首有一个比较到位的把握。再看相同部首的汉字，读者就会自觉把地把汉字与这些部首的意义联系起来，增强对汉字字形、字义的理解。比如在深入了解"己"部的内涵之后，读者就会将认知自觉转化到具有该字素的汉字上，如联系到"己"做声符的字"妃、记、忌、圮、杞、起"等，都有内指自己的意思。面对这样一组汉字，读者的关注点就不会仅局限于它的字条解释，还能领会到造字者的初衷，从而产生丰富的联想。

王玮先生殚精竭虑三十年，终于另辟蹊径编撰成这部高质量的字典，为读者开启了一扇文化之门，但是我想，这种严谨治学的精神更为可贵。

钱钟书先生说：字典是旅途的良伴。他在孤寂的旅途中，会手捧一本字典读一个月，这在旁人来说是索然寡味的。但是我要说，王玮的《部首演绎通用规范汉字字典》却是一部可以当书读的字典。

圣者的
救赎之美

——观电影《肖申克的
救赎》

古雅的大部头 *Holy Bible* 被翻开，扉页里，一小段文字映入眼帘：亲爱的典狱长，你说得对，得救之道，就在其中。

简简单单一句话，道出了整部电影的核心，这是一个有关救赎的故事。

继续向后翻，在书本的中央位置，有几十页被掏空，显露出一个6寸长的鹤嘴锄轮廓，再看前一页的章节名称：Exodus（出埃及记）。

同样的，道出了电影的主线：逃离。

相隔第一次看《肖申克的救赎》，已经有近八年了。那时候的主视点，

只为遇见
ZHI WEI YU JIAN

落在对主角遭遇的同情以及大团圆式结局的欣悦上。如今，带着刻意的美学视角去看，却有了全新的发现。

影片的内容简单明了：年轻的银行家 Andy 因疑似杀妻而被判处无期，在肖申克监狱中度过了漫长的十九年。期间，他获得了狱友们的信任与尊敬，与资深囚犯 Red 结下深厚的友谊；他替典狱长做假账洗黑钱，得到了立足之地；他推动建造了完善的监狱图书馆……最终，Andy 成功越狱，并揭露了典狱长等人的罪行，与在其后假释的 Red 相逢在芝华塔尼欧的海滨。

影片以 redemption（救赎）为题，这个词有非常浓郁的宗教色彩——耶稣灵魂得救的过程，就被称为救赎。另外，影片中不止一次出现的《圣经》，更是渲染了宗教氛围。肖申克，这是监狱的名称。在有些版本的翻译中，也将其翻译成"鲨堡"，可想而知其恐怖。当"肖申克"与"救赎"放在一起，我们的脑中会自然地出现这样一幅画面：在冰冷残酷的如铁桶一般的监狱世界里，涌动的却是泛着圣光的词汇，强烈的对比带给人一种独特的美感。

于是，监狱、救赎、美，三个原本有些矛盾的词，就这样被聚在了一起，乍一看虽显突兀，实则合乎情理。

首先是 Andy 的自我救赎。

毫无疑问，Andy 是智者。迅速适应监狱环境，极快地博取典狱长的信任，创造出一个"只存在于文件上的人"……这一切都是他的智慧运转。这种智慧作用于小我，使得他成为了一个与众不同的囚犯，是唯一一个在狱警面前保有尊严的囚犯。他的越狱计划在进入监狱的一刹那就已经形成，用十九年时间去实行、完善，最终不但成功逃离，还收获了三十七万美元的"遣散费"。从最初的层面看，这就是 Andy 的救赎：他的躯壳在受尽磨难后，终于逃出升天——一如耶稣受难后得到新生。但在深层次上，还可以做出另外的解析。

影片的中后部分，插入了一个名叫 Tommy 的年轻人，他带出了十九年前谋杀案的真相——Andy 并不是凶手，而是可怜的替罪羊。Andy 去求典狱长翻案，但为了让 Andy 继续洗黑钱的典狱长却拒绝他离开，并且谋杀了 Tommy。

在那之后，Andy 与 Red 有过一段较长的对话。Andy 直言，自己不是凶手，但自己却间接推动了妻子的死亡——正是由于自己的冷漠态度、不擅表达，最终导致夫妻情感破裂，妻子才会在外遇家中被杀。所以，他仍旧需要坐牢，需要救赎。

"十九年，我的救赎结束了。"他如是说。我们可以把这里理解为 Andy 的一种自我排遣——他在为自己白白替别人坐了十九年的牢寻找一个理由，在努力说服自己。但是从另一个角度来说，这是一种精神、灵魂上的救赎。

也就是从此开始，Andy 终于甩脱了"杀妻的银行家"的包袱，

只为遇见
ZHI WEI YU JIAN

无论是Red还是其他狱友，都相信他是真正的"无罪"；而对于仍旧深爱着妻子的Andy自己而言，他的情绪终于找到了一个宣泄口，完成了灵魂的救赎——从此，他可以毫无愧疚地活下去，不仅不背负杀妻罪名，也不再背负杀妻的心理负担——哪怕这种负担来自于间接。

可以说，没有十九年的牢狱生涯，Andy就没办法真正释怀。他的后半生将永远沉浸在难言的苦痛之中。真正意义上的救赎来自灵魂，这一切都在此刻绽放——十九年了，已经还清了。

所谓"强者自救"，无论是躯壳还是灵魂，Andy都达到了救赎的目的。毫无疑问，他是真正的强者。

不过，若是仅限于此，电影就会显得狭隘，很有可能会落入个人英雄主义的窠臼。于是，在Andy自我救赎的过程中，也带动了身边人的改变，甚至可以说，Andy的出现如一抹圣光，带给狱友们久违的救赎。

Red，一个资深的囚犯，也是一个"有办法的人"。他被关了整整四十年，一次次的释假被驳回，带给他的是深深的麻木感。他对Andy说："你不应该还抱有希望，这是危险的东西。"是的，任何希望都会在冰冷的监狱中被掐灭。萌生希望的人，最后得到的只会是绝望与悲哀。

他说过一句经典台词："这些墙很有趣。一开始你恨它，慢慢你就习惯了，到后来你便不能离开它了，这就是体制化。"从这个角度看，Red是一个深受体制影响，也能适应体制的人。体制，也是掐灭他希望的根源。

正如图书管理者老布，得到了身体的自由，灵魂却已经被无可挽回地体制化。他终于没有能够摆脱对自由无法适应的困境，悬梁自尽。反观Red，在出狱之后虽没有自寻短见，但也根本难以适应生活，甚至悲哀地发现，自己连撒尿都要向经理报告——"否则一滴都挤不出来。"

他长久地站在店铺外，看着店铺里的商品——手枪。"也许，这能让我回到肖申克。"此时，救赎他的是Andy的承诺——埋在石墙和橡树下的希望。正是这个承诺，在耶稣与撒旦之间，Red做出了正确的选择。

Red看到Andy留给他的希望之后，坐车冒险越过边界，赶往芝华塔尼欧。他坐在小车上时，有一小段独白，看到这里时，我有一种眼角湿润的冲动，一种发自内心的感动：

我希望成功越过边界，我希望跟老友握握手，我希望太平洋如梦中一般蓝。

连续的三个希望狠狠触动了我的内心，这或许也是Andy最想

210

只为遇见
ZHI WEI YU JIAN

看到的 Red。他用自己的方式，帮老友做了救赎，无关肉体，纯粹是灵魂。

有关 Red，其实可以讲几句题外话。整部影片，几乎全是以 Red 的口吻讲述的，他拥有一个清晰的旁观者视角。在 Andy 初入监狱尚未适应时，Red 出现在他的身边，他熟知监狱中的一切，也明白监狱中需要的生存技巧。而以这样一个近似"导师"的人物来描述一个新进的囚犯，就像是在讲故事，Red 是讲故事的人，Andy 则是故事的主角。这样的安排给这个故事带上了浓重的传奇色彩。

从观众的视角来看，Andy 就像是一个完美的人格，他注定不平凡，与普通观众隔着一条无法逾越的鸿沟，就心灵而言，普通观众是难以贴近他的。但是，Red 却是一个不折不扣的普通人。以 Red 的口吻去讲述 Andy 的故事，其中夹杂着的 Red 的评论、感叹，与观众的内心是暗合的。这就大大削减了那条鸿沟，拉近了观众与电影的距离。

受到 Andy 救赎的还有 Tommy。Andy 收他为徒，从拼音字母开始教起，最终助他考取了同等学历的文凭。传授知识，也是救赎的另一种体现。Andy 被关独因时，送餐的狱警告诉他，Tommy 考上了，"平均丙等"时，Andy 露出的是发自内心的微笑——他已经进入了教师这一角色中，尽管学生只有一人。

Andy 的拯救不单单是一个个体的行为，还是一个群体的行为，这完全符合基督教有关救赎的定义。

在修屋顶时，为狱友们争取来啤酒，但是他自己，其实早已戒酒了。他安静地坐在一边，夕阳洒在他的脸上，笑容中带着巨大的满足感与幸福感。他为大家争取的绝不仅仅是冰啤酒，而是"那种像在修缮自家屋顶一般的自在感觉"，简单来说，就是自由。

自由，就是囚徒们的希望，Andy 带给他们的，是一刻的感动，一刻的自由。当希望与救赎联系在一起，那么这片刻的救赎，对于所有囚徒来说都弥足珍贵。

他每周给州议会写信，以期望得到图书资助。在坚持了六年后，他的努力终于获得了回报。州图书馆捐赠了一批旧物资。这里有一段，成为电影史上的经典：Andy 翻找到了一盘唱片，是莫扎特的《费加罗的婚礼》，几乎是情不自禁地，他陶醉在一种难以言喻的美中……

我到今天也始终不明白，这两个意大利女人在唱什么。事实上，我也不想去明白。此时无言胜有言。我想，那是非笔墨可形容的，美得令你心碎。

那声音飞扬，高远入云，超过任何在禁锢中的失意囚犯之所梦，仿佛一只美丽的小鸟，飞入这灰色的鸟笼，让那些围墙消失，令铁窗中的所有犯人，感到一刻的自由……

只为遇见
ZHI WEI YU JIAN

　　同样是"这一刻的自由"，Andy以独囚一个月为代价，带给了狱友们又一次精神上的洗礼。屏幕上正在做工的囚犯们不约而同地放下手中的活，挺起胸膛，聆听高雅的古典音乐……这一刻是救赎的，因为他们的心灵跟随音乐，飘过了肖申克的厚墙。

　　Andy再接再厉，继续给州议会写信，而且增加到了一周两封，终于达成了最终目标——在监狱中建立起了完善的图书馆。

　　图书馆的建立，与前两次救赎的意义不同，这不再是一刻的感动，而是长远地改善狱友的精神生活。在书中畅游，精神超脱于肉体，汲取书中精华，上升到一个高雅的审美境界，从而忘却肖申克的围墙，达到救赎的目的。

　　大而化之谓之圣，能渡人者谓之圣。

　　此时的Andy，已经超越了强者的范畴，上升到了圣者的境界。这个定义或许有别于东方的所谓圣人，而是更贴近于基督教中的大贤者，引导堕落者走向彼端的净土。

　　从宗教上看，肖申克是堕落者的聚集地，Andy就是闪烁着圣光的传教者，他带来希望，带来救赎。而讽刺的是，一口一个《圣经》，一口一个"救赎"的典狱长，道貌岸然之下却有一颗极端利己主义的心，他带给肖申克的只有黑暗，只有罪恶。典狱长与Andy的对比，正如电影名中"肖申克"与"救赎"的对比一样。《巴黎圣母院》

中说得好：丑在美的旁边，畸形靠近优美，丑怪藏在崇高背后，美与丑并存，光明与黑暗相共。

因此，我认为，《肖申克的救赎》与《巴黎圣母院》有相通之处。囚犯们本应是罪恶的化身，却带有美的特质，甚至诞生了 Andy 这样的圣者。道貌岸然的典狱长和警察们，则丑陋不堪。一如卡西莫多与副主教克洛德·弗罗洛的对比。美丑并存的刻画，是一种另类的美，但是它给人的感觉却至为深刻。

Andy 带给肖申克的，是泛着圣光色彩的救赎，肖申克也成为了一个极好的场景，在这个场景里，美与丑的对立被无限地放大了。这样一来，监狱、救赎、美，就完美糅合在了一起。

时隔多年，经典仍不褪色，或许就是与这三者的完美糅合有关吧。

力图体现明净的
大美气象

—— 观影片《卧虎藏龙2》

继李安的《卧虎藏龙》受到世界性好评之后，由袁和平导演的《卧虎藏龙2：青冥宝剑》（以下简称《卧2》）终于在今年2月亮相荧幕。

续拍，尤其是续拍一部非常成功的电影，往往是一件吃力不讨好的事情。网上对于这部片子，一直是差评居多，多数观众认为这充其量就是"狗尾续貂"之作，是一部空有中国皮囊，内容却完全西化了的中国侠客片。如此卧虎藏龙，剑是人已非。

但我认为，该片并非一无是处。

影片力图体现理想中江湖的明净大美之气象，尽管这种追求没有达到预期效果，但主创者的求索精神还是值得肯定的。

"江湖"这个词源于中国，与"庙堂"相对。在我看来，江湖是一群怀着中国传统文化的侠客的心灵放逐之地。外国人很难理解中国的江湖，就像中国人很难理解美国人的粗线条神经一样。这是文化的差异。

有趣的是，本片的剧组成员，大部分是外国人，编剧约翰·福斯克，甚至还导演过《忍者神龟》这样的纯西方式大片。除此之外，本片在取景上也没有选择中国，第一幕杨紫琼在草原上眺望远方的如画景致，就取景于新西兰，包括之后的乡野山泽等诸多场景也是如此。我想，这是人们认为本片"西化"的原因之一吧。

西化是有一定道理的，为了像《卧虎藏龙》一样打入国际电影市场，《卧2》剧组成员也是外国人居多。能广泛为外国人接受的，其实就是好莱坞式的片子：英雄拯救世界，以亲情做导火线，以飙车、空降、爆炸等场面戏拉拢男性观众，再以英雄救美的浪漫爱情戏征服女性观众，结局是英雄打败反派救下世界和美女。这样就迎合了主流意识形态，将凡是长着两只眼睛能看电影的观众，上到九十九下到刚会走一网打尽，票房大卖，完美收官。不得不说好莱坞电影成功地让《卧2》也落入了这般窠臼：甄子丹扮演

只为遇见
ZHI WEI YU JIAN

的剑客"孤狼"和杨紫琼扮演的俞秀莲与身边的一批英雄，跟反派戴阎王展开"护剑"与"抢剑"的斗智斗勇，最后正义战胜邪恶，英雄与美女携手浪迹江湖。

如果抛开影片中的西方电影元素，我们不难发现该片力求表达的主旨仍然是传统的中华文化的大美气象。

体现传统文化是容易的，但是要体现中华文化的大美气象就绝对不简单。一些影视作品，哪怕是导演费尽心血，也还是无法突破那层隔膜而上升到大美之境。确实，从某种意义上说，中华文化的大美气象是一种意境，要求创作者具备一种独属于中华文化的情怀，一种广博的胸襟，一种纳万物为一体的大道。

用文学作品来体现中华文化之博大精深，阿城的《棋王》是一个成功的先例。

我之所以提到这部作品，是因为它和《卧2》都选择了同样的载体——道家文化。或许，道家的包容与浪漫基调，更容易让人感悟到中华文化之大美吧。"孤狼"的形象浸润着浓郁的道家文化。他的武功出自武当，武当本就是道家圣地，而他毕生追求的武学最高境界，倒不如说是道家的最高境界——他已经不称其为"武"，而是称其为"道"。武功毕竟是小道，单纯地表现"孤狼"武艺如何高强的确可体现传统文化，却与大美气象无缘。只有上升到对"道"的理解和把握，原本单一的武学招式才会散发出别样的光芒，这光芒不是来自影片，而是来自于观众心中。尤其是中国的观众，当理解了"孤狼"真正的追求之后，当领略到传统文化的大美气象之后，再去看那在如水墨画一般的山水冰原中飞掠的古装侠客，就会得到一种难以言说的享受。

"孤狼"与《棋王》里的王一生颇有相似之处，王一生追求的也是"道"，而非棋术的顶点。

与《棋王》相较而言，《卧2》对大美气象的追求，显得更明净一些。整部影片没有复杂的套路设计，没有所谓的"剖析人性黑暗"等自诩深刻的主题，甚至情节也算不上曲折，因为只有这种至简的设计，才可能让人窥见大美气象。

"孤狼"只是在酒肆中贴上了王府招收侠客守护青冥宝剑的告示，蜀中飞刀李、湘西无影镖、唐山酒癫、山东铁臂鲁四人，就跟随他加入了这场九死一生的角逐。一开始，我颇担心四人之中有内鬼，会上演一幕幕"谍战戏"，但事实并非如此。四人的想法很单纯：铁贝勒已死，代表江湖正义的青冥宝剑无人守护，而戴阎王虎视眈眈，江湖儿女理应出力。就是这样简单的理由，四人搭上了性命，不为报酬，不为名声。

我之所以说本片明净，理由之一就是该片只讲了一个破坏规则和守护规则的故事。

是的，对于这样的电影来说，情节不重要，明净的情节反倒

只为遇见
ZHI WEI YU JIAN

剥去了遮蔽和干扰，使得那股少见的大美气象洋溢在荧幕之上。

　　大美气象是东方文化的极致，是真正的"大道"。一部电影能有这样的追求已属不易，我们不应该只凭人物、对白、情节上的不足来完全否定它的价值。

凝重的
人道主义关怀

——观影片《湄公河行动》

NING ZHONG DE
REN DAO ZHU YI GUAN HUAI

很多人认为，林超贤执导的《湄公河行动》为近期不怎么景气的国产电影市场注入了一剂足量的"强心剂"。该片也因此成为国内缉毒类影片中的扛鼎之作。

缉毒、追捕题材的电影，一直以来就具有很大吸引力。浓郁的英雄主义风格，配合枪战、飞车、爆破、兄弟、卧底……可以说是全程无尿点，叫好又叫座。

不同的是，该片是据真实故事改编而成的。2011年10月5日，十三位中国船员在湄公河水域遭虐杀，遗体呈现出极惨烈的死状：双手被铐，头上缠满胶带，腹背无数枪眼。这一事件震惊了海内外，中国政府旋即派出精锐缉毒队，进入湄公河流域，与潜藏的毒枭进行殊死较量。

以真实题材改编的电影，在故事性和带入感上，具有先天优势，从情节的合理性上看，更是紧凑自然。而以中国缉毒警为切入点，为捍卫祖国公民的权利而进行的斗争，又完美契合了主流意识。接下来，导演需要做的，就是定位好主人公性格、形象，做好打斗场面等系列吸引观众的工作。

从10月18日突破了9.79亿的票房来看，林超贤成功吸引了观众。我认为，这个吸引力的根源，仍然是那个长盛不衰的概念——暴力美学。

暴力美学就是以美学的方式来表现暴力行为，近来被更多地运用到电影上，成为一个独特的标签。观赏者往往惊叹于艺术化的表现形式，面对暴力的场景，也不会产生任何不适。

当初有人看甄子丹的《导火线》时说："情节什么的无所谓，我们就是来看打戏的。"一句话，点出了暴力美学的魅力。

但是，暴力与美学，这是两个冲突的概念，糅合在一起绝不容易。通常的做法是采取弱化暴力元素的方式。比如一些武打片，在对暴力（武打动作）的处理上明显有舞蹈化、表演化倾向，人们观看时，恍若在欣赏一场别开生面的武术表演，血腥、凶残的暴力场面反倒呈现出一种另类的视觉美感，进而削减了暴力的残酷性。

无疑，《湄公河行动》也是采取淡化暴力的做法，但是，却采用了更加高超的方式。

这里所谓的高超，是指无形地削减暴力带给观众的不适。在武侠片中，观众固然会被那些舞武合一的打斗吸引，但是几乎是每一位观众心中都有一个定位：这是假的，真实的武打场面必定会血腥得多。

也就是说，舞蹈化的处理方式，只是给暴力披上了一层外衣，观众仍然能够想象出真实的场面。但是《湄公河行动》却大胆直白地把拳拳到肉的画面酣畅淋漓地展现在观众眼前。

那么，靠什么去淡化呢？就是正义感。

该片中，所有的毒贩都是狡诈、阴险、残忍的。在他们身上，看不到任何人性的优点，面对这些恶魔，观众立刻会产生欲除之而后快之感。在此前提下，代表正义的中国缉毒警，展开与他们的贴身肉搏，虽然依旧绕不开暴力，但观众会不自觉地把注意力转移到对缉毒警安危的关心上来，这就在另一种层面上冲淡了暴力。

这种冲淡，完全是观众的心理作用，因此在荧幕上，导演大可将所有的画面原汁原味地展现出来。飞车爆破、泥地肉搏、严刑拷打、雨林白刃战……共同构成了一幅暴力美学的画卷。

不过，仅在暴力美学指导下的电影，本质上来看是仍显单薄的。

作为一部成功的影片，《湄公河行动》却拥有了更加宏大的表现主题。

我在看影片的时候，有几处特别揪心：警官不停地向蓄势待发的警员们传达一个信息——尽全力保护毒贩性命。类似的要求，被反反复复传达，每传达一次，我就觉得心中一堵，不下杀手的警员们，一定会有些畏手畏脚，处处受制。这无疑给了毒贩机会，警员会受到更致命的威胁。

其实，这正是隐藏在影片深处的精髓——人道主义关怀。

是的，即使毒贩罪不可赦，我们也需要通过法定的程序，在经一系列判决之后，才可以宣布一条生命的结束，而不是像毒贩那样，视人命如草芥，虐杀无辜的中国渔民。中国政府派出精锐部队，花费大量人力物力，其出发点简单明晰——为十三个无辜的中国公民找回尊严。这是对公民的人道关怀。

最后的那场丛林角逐中，张涵予饰演的缉毒队长，在面对被毒贩洗脑而充当人肉炸弹的娃娃兵时，下达了这样的命令：尽量不要伤害他们。要知道，就是因为这些娃娃兵，缉毒队员郭旭被迫截肢，缉毒队的总负责人也身受重伤。

面对这些娃娃兵，我的内心是充满矛盾的。中国军警却义无反顾地选择了人道主义关怀——他们是儿童，他们的未来还有希望。

对生命的尊重没有区别——哪怕被尊重的生命负债累累。这就是影片想要传达给我们的重要信号。

影片的可贵之处是采取了一系列好莱坞式的处理方式，节奏紧凑，紧张感十足，让人在热血沸腾中感受到凝重的人道主义关怀。

人道，本就是一个永远都不会过时的宏大命题。有了人道关怀，影片不再单薄；有了人道关怀，暴力美学才有了扎实的依托；有了人道关怀，大国之气象尽显。

梦想
三重奏

——观印度影片
《摔跤吧！爸爸》

▼

MENG XIANG
SAN CHONG ZOU

《摔跤吧！爸爸》是由尼特什·提瓦瑞执导的印度励志运动电影，于近期在国内上映。因与好莱坞大片《银河护卫队2》撞档，票房出师不利，但随着越来越多的好评，该片受到了广泛关注。截至11日晚七点整，《摔跤吧！爸爸》国内票房超1.8亿，突破了印度电影在中国的票房纪录。

《摔跤吧！爸爸》根据真实故事改编，讲述了一位因生活所迫而放弃摔跤的父亲，如何培养自己的两个女儿成为摔跤冠军的故事。大女儿的原型是赢得英联邦运动会金牌的女摔跤手吉塔，她也是印度第一位取得奥运会参赛资格的女摔跤运动员。

在影片中，"梦想"两个字被咬得特别重，父亲阿米尔·汗几乎三句不离梦想："我的梦想将由我的儿子来继承""女儿也将继承我的梦想""我不能眼睁睁看着梦想从我手中溜走"……如今，实现伟大的"中国梦"已成了我们所有人的共识，人们普遍用一种内敛而务实的态度，默默忙于奋斗，而不习惯将它挂在嘴边。

汪峰曾因在《中国好声音》中多次问及参赛者的梦想而遭调侃，而本片却没有受到类似的待遇，其原因何在？

父亲的梦想，往小了说是让女儿有一个光明的未来，能够得到别人的尊重，能够不依附于男人，能够自由婚恋……在印度，女孩想要实现这些几乎是天方夜谭，而父亲就在做一个前所未有的尝试。所以他逼迫女儿从小过摔跤手的生活，不顾女儿的哀求剪去她们的长发，让她们与男孩肉搏……尽管遭到了无数人的嘲讽，但父亲携一家人义无反顾地坚持了下来。

从大处着眼，父亲的梦想一直是拿到国际冠军，让印度的国旗在赛场上升起。他自己曾是全国冠军，但"摔跤手给了我荣耀，给了我名声，却不能给我金钱"。父亲为了这个家搁置了梦想，放弃了继续成为摔跤手的打算，但是他将梦想保留了下来，熔铸进骨血里，这梦想化为了血脉的纽带，在家族里传承。

父亲最初一直想要儿子，影片开头即是父亲求子的过程。村里人提供了各种各样的偏方，为他出主意。在一片充满欢乐但又让人感到鸡飞狗跳的音乐后，第四个女儿如期降生。父亲眼中含着泪水，将自己的奖牌连同照片一并锁进了箱子里，同时，也锁上了自己的梦想。但是，当发现自己的两个女儿可以将男孩打得头破血流之后，他终于意识到"她们的身体里流着摔跤手的血液"，他的梦想可以通过女儿延续下去。

不过，仅仅是以为国争光作为着眼点的话，很可能会因为国别、种族、信仰的差异导致接受上的隔阂。《摔跤吧！爸爸》之所以具有超越国界的影响力，是因为它有更为高尚、更为无私的追求。

真正处于影片核心地位的，是对女权的诉求。正如父亲在对即将迈上国际决赛赛场的女儿所说的那样，胜利不仅仅属于你，还属于千万个被认为不及男孩的女孩；属于那些被一辈子禁锢在家务上，相夫教子的女孩。"你的对手不仅仅是那个打败过你两次的澳大利亚选手，还有那些歧视女性的人。"

这一刻，年少训练时遭到的嘲讽，被无数摔跤赛拒之门外的冷遇，一切的遭逢都化成了"一定要拿到金牌，让所有人都铭记你"的决心。只有被铭记了，才能成为典范，才能长久地让人们想起：谁说女子不如男？

这句话被深深印在了预告片的标题下，这不只是说给那些歧视女性的男人们听，更是向广大被压迫的女性发出人道主义的召唤。

吉塔通过自己的金牌告诉她们：女人也可以通过自己的努力获得成功。

　　吉塔获得国内冠军回到村庄后，欢迎的场面可谓热烈、壮观，但镜头的突然切换发人深省：在一幢房子的二楼，三个裹着头巾、看不清容貌的女人默默注视着被人群簇拥的吉塔。从极动到极静，强烈的对比使人很容易把握到镜头内在的语言。是的，影片没有被一个人的崇高梦想带出现实，而是将沉重的目光投向印度社会，引发人们更深入地思考——成功的人只是吉塔一个，还有无数妇女被囚禁在有限的圈子内度过她们的一生，她们崇拜着吉塔但是无所作为。

　　正是这种反映力度，使得影片不再局限于当下，而是导向了未来的女权之路；不局限于吉塔个人的成功，而是转向了广阔的社会人生。这种梦想不仅仅是父亲的夙愿，还升华到了全人类的共同追求。

高中民国国文教材与现行教材的选文差异

——以民国教材《高中国文》及现行苏教版语文教材为例

▼

GAO ZHONG MIN GUO GUO WEN JIAO
CAI YU XIAN XING JIAO CAI DE
XUAN WEN CHA YI

国文教材，是以民族通用语编纂而成，供一部分特定年龄阶段的学生学习国文知识的教科书。从某种意义上来说，一个国家的国文教材，承载了这个国家的部分民族文化精华，是国家文化的代表之一。

中华文化博大精深，以其延续之久远、不间断为世界所认同。我国历史上浩如烟海的典籍，散佚的不少，但有很多完整地保存下来。我国的国文课本，秉承弘扬传统文化之精神，录入了古代的诸多名篇。自民国以来，随着时代的发展，仅仅收录古代的经典已经远远满足不了教育需求，越来越多的"新文学"（白话文）、外国经典译文开始出现在国文教材里。民国的高中国文教材，就已经有了这种兼容并蓄之气象。

那么，民国时期的高中国文教材，与当下通行的高中国文教材在选文方面有什么异同？为什么会导致这些差异的出现？这些差异，会给教学带来怎样的效果？本文试图通过六册民国教材《高中国文》与现行的苏教版高中语文教材的对比，找出答案。

1

民国《高中国文》与苏教版高中语文教材在选文上的差异

文白比重的巨大差异

民国二十八年（公元1939年）出版的全六册《高中国文》教材里，除去每一册书最后几篇的"文章法则"（如《高中国文》第一册三十八篇之后的"文法"、《高中国文》第五册四十篇之后的"修辞"）之外，全都是文言文。

这些文言文，文体丰富，从最早的诗（《诗经》），到《尚书》中的誓（《汤誓》《牧誓》），到春秋战国的说理散文（《老子》），再到后来的唐朝新体诗、宋词等等。中国古代几乎所有的有代表性的文本，都有在《高中国文》中出现。

《高中国文》所选的文言文数目极大，涵盖范围很广，选择各个朝代最著名、最具有代表性著作的全文或部分，加以录入。在浩如烟海的中华古籍中大浪淘沙，最终能够入选的，几乎都是经典，有些即使不算经典，也具有较强的文体示范作用，是某一种文体的代表作，或者最能够体现这种文体的特性。

而现行苏教版的教材，文言文（包括诗词）的比重就相对轻了很多。如苏教版高中语文教材第一册，除去每单元后面的写作指导部分，一共二十一篇课文，其中文言文四篇（《劝学》《师说》《赤壁赋》《使得西山宴游记》），比重占五分之一不到，相比《高中国文》的文言比重，就显得相当低了。

外国文学作品所占比重的巨大差异

前文已经有提到过，在《高中国文》里，前五册除去"文章法则"，就全都是文言文了。连本国"新文学"的篇幅都没留足，又何谈外国文学。不过，顺应了当时的时代潮流，在第六册《高中国文》教材里面，还是出现了很少的外国文学成分。即赫胥黎的《察变》

（严复译）和兰姆的《仇金》（林纾译）。外国文学的比重虽然极小，但是它出现在高中国文课本里面，却具有极为深远的意义。

这表明，当时的教材编纂者们，已经有意识地去了解、洞悉西方的思想文化，并且有意识地传递给高中的学生们了，此举具有巨大的启蒙意义。

而苏教版的高中语文教材，仅第一册中的二十一篇课文，就有四篇外国文学作品，是六册《高中国文》的两倍。苏教版的必修三，外国文学就有六篇。

可以看出，苏教版对于文言、白话，中国文学、外国文学的比重安排更加均衡，而《高中国文》教材则极度偏重文言，虽然也有白话的"新文学"成分和外国文学成分，却绝对不是主体。

2

选文差异的原因探究

编排方式的差异

在《高中国文》教材第一册"编辑大意"里，可以看到这样

只为遇见
ZHI WEI YU JIAN

几句话：

　　本书选材，顺文学史发展之次第，由古代以至现代，选取各时代中主要作家之代表作品……本书教材，务取思想积极、内容充实，以振发精神矫正虚浮者为主，至体制完整，文辞明达，亦勘为写作之模范……

　　本书课文排列之次序，于顺时代之中，并设法使论说与记叙，诗歌与散文，相互间错，以免板重、单调，而增进教学之兴趣与效率。

　　从这几句话中不难看出，《高中国文》全六册，是以时间顺序为基轴，选取各个时间层面的代表作品，编排而成的。其所选篇目，大多是某种文体的代表作（如语录体的代表作之一《论语》，历史散文的代表作《左传》等），很有示范意义。

　　基于这种编排理念，而编者选取的起始时间又是商周时期，那么从中国最早的诗歌总集《诗经》开始，到后来的先秦说理散文，再到最后的五四新文学，浩浩荡荡，三千多年。这其中，新文学是在新文化运动过程中被大力提倡的，它刚刚兴起不久，当时的文化界，对它也有较响的怀疑声音。它的产生，影响虽然巨大，但是相对于前面两千多年的文言，比重无疑是很小的。从相对少得多的新文学作品中选出具有代表性的文章（如胡适的《文学改良刍议》等），比重自然不会大了。而历朝历代的文言，哪怕每个朝代选取一二篇，所占的比重就已经足够大了。

再看现行的苏教版高中语文教材。

苏教版的编排，比较现代化，是采用单元的形式进行编排，各单元有一个中心，也就是一个主题，比如第一册第一单元的主题叫作"向青春举杯"，那么就会收录一部分与青春有关的作品，像食指的《相信未来》，杨子的《十八岁和其他》等。这样的编排，选材就有了更大的自由度。

如果按照时间顺序编排，那么在大多时代的选文，只能被文言所限制，很难再有别的延伸，而苏教版的编排方式，先是定下一个单元的主题，而后再进行选文。比如"像山那样思考"这一专题，就可以选择文言文《赤壁赋》，中国白话文优秀作品《江南的冬景》，外国优秀作品《神的一滴》《像山那样思考》等。一个单元，它的选文可以涵盖古今中外，这就体现了现行苏教版教材选文的广阔性。

时代差异

两类教材选文的差异，也可以由国际环境差异来解释。

民国时期，新文学还刚刚起步不久。而在这之前，学生们读的大多还是四书五经为主的儒家经典文章，那么处在社会转型时期的民国，课本中文言为主的传统文章占的比重大，就是很正常的现象。不过，新文学作品和外国经典的翻译出现在国文课本上，尽管比重很小，但已经是极为重大的转型了，使得《高中国文》教材与以往的教材有了质的区别。

现行苏教版教材的主题化编排方式，就更加具有现代性。而对于大量的外国经典的选入，也可见当今的时代趋势——世界交流扩大化，中国已经融入世界。

再者，所处的国内环境存在着明显的差异性。

《高中国文》编辑的时候，国难当头。因此有关战争、爱国主义的文章，占了较大的比重，比如兼有战争与国家观念的《左转》中的选文《秦晋韩之战》。还有大力颂扬民族英雄，如《岳飞传》等。这些选文都贯穿着救国救民的思想。

不得不提的是，民国时期的教育，除了颂扬爱国主义精神之外，还大力提倡儒学，想要通过儒学，端正高中学生的心态，激发他们的斗志，做到修身、齐家、治国、平天下。为了达到这个目的，就选择了好多儒家经典。如一致被认定是儒家经典的《诗经》《论语》，还有《礼记》中的《檀子五则》《大学平天下章》《儒行》。《礼记》是论述礼义法度之言，《大学平天下章》更与政治有千丝万缕的联系，"大学者，以其记博学可以为政也"，足可见与政治关系之深。

而《儒行》，则是"以其记有道德者所行也"。

儒家的达则兼济天下，学成则为政的观点，被深深引导给学生，而儒家的修身，也可以让当时的高中学子正身、正行、正德。

相比较而言，现行的苏教版虽然也不乏爱国主义浓烈的篇章（如《离骚》《指南录后续》等），但是比重就不如《高中国文》来得大，对于儒学的宣扬，虽有选择《诗经》《论语》中的篇目，也没有《高中国文》教材那般不遗余力了。

总之，造成《高中国文》选文内容与现行教材区别的，还是有时代的成分在里面的。

三

选文内语文课程内容的异同

选文中定篇的相似性以及例文的差异性

"定篇"这个概念，是王荣生老师提出来的。所谓的定篇，主要是指对于经典篇目的应用上面，应该保留其原有特征，并且加以绝对权威的解读。"定篇"的材料应该是一篇完整的，没有经过任何删改的经典作品。它的目的是"使学生彻底、清晰、明确地领会作品"，这种方式生成的课程内容（或者说课堂教学内容、学生学习的内容）就是"文化、文学学者对该作品的权威解说"。学生重点学习经典作品的"丰厚内涵"，这种"丰厚内涵"，以最权威的解说为主，并且这些解说要想方设法固定下来，让每一批、每一代的学生都掌握。这种对经典作品权威解说出的"丰厚内涵"，通过教材的注释、助读、课后练习题来体现。

作为"定篇"的作品，往往会一次不落地出现在各种不同的教材之中。如《滕王阁序》和《项脊轩志》两篇，就同时出现在了《高中国文》和现行的苏教版教材中。

这二文属于"定篇"，在这二文的注释以及学习要求里，也有较大的一致性，并且都非常详尽，从作者的生平、官位到文言词汇的注解都是如此。在对于"定篇"的处理上，两类教材差距不大，因为权威的经典、权威的注释是代代相承的，不会因为时代的改变而产生较大差异。

笔者认为，选文的真正不同之处，往往不会出现在定篇方面，而是出现在例文上。

例文，王荣生老师的定义是：材料要能够"足以例证知识"，同时，"又能避免篇章中其他部分可能引起注意导致精力涣散而干扰了所'例'的主题"，所以，材料不一定要求是完整的，也可以是片断。

可见，例文的地位较之定篇稍低一些，可以取其段落，主要是为了"例证知识"。在《高中国文》里，所选例文大多是作为某种文体的代表，为了让学生熟悉"周诰殷盘"，熟悉"誓"（誓师文）这种文体，就选择了《尚书》中的《汤誓》《牧誓》；为了让学生熟悉先秦说理散文，就选择了《道德经》中的四章作为例文。其后，甚至还有选碑文作为例文的。

而现行苏教版的例文，就更偏重与单元主题的契合性，这些所选的例文也许不是经典，但都是为了让学生领会选择这篇文章作为例文的真正含义，即明白选择此篇作为例文，到底是为了让学生学到什么？这一点尤其重要。

选文内的语文知识差异

王荣生老师认为，所谓"语文知识"，是指"包括实事、概念、原理、技能、策略、态度在内的语文知识"。可见，这个概念的涵盖范围是很广的。

笔者发现，民国的教材《高中国文》与现行苏教版的教材，在语文知识的差异上，最突出的表现在对于语文技能的训练上。

苏教版教材高中语文教材的每一单元，最后总会有两个这样的专题，一个叫"写作指导"，一个叫"写作实践"。每个单元后面都是如此，也就是说，每个单元都配有相应的写作训练。

其实，单从这两个专题来看，它们并不能算是选文，因为在这个专题里面并没有名家名作，而一般是编者的一些结论性言语。严格来说，这并不能算是真正意义上的选文。不过，这些写作专题的编纂，都是以前边的选文为根基的，选文的不同，单元主题的不同，直接导致了"写作实践"的不同。因此可以这样说，选文决定了"写作实践"的内容。

也正因为如此，这些写作训练并不是单纯的随笔，而是有一定的内容、格式、形式要求的写作（如高二语文必修四的第一单元"我有一个梦想"，其中的选文，如《寡人之于国也》《我有一个梦想》等，都是陈词慷慨的说理文。那么，在"写作指导"的要求里面，就是"让说理更令人信服"。第四单元"走进语言现场"，它的"写作指导"就是"演讲稿，写给听众"）。基于这个理念，笔者才将看似与选文不相关的"写作指导"和"写作实践"专题放入本文并花大篇幅去论证。

通过写作不同文体的安排，可以达到让学生的写作能力得到全面锻炼的目的，从而提高学生的总体写作技能。

毫无疑问，写作是属于语文技能方面，它也是"语文知识"的一个组成部分。可见，对于"语文知识"的把握上，苏教版教材是更加注重写作能力的。

《高中国文》里面对于"语文知识"教授的处理方法就很不一样。每一册教材的最后，有一个板块叫做"文章法则"，这是专门用来传授"语文知识"的。

第一册《高中国文》里，传授的"语文知识"是"文法"，包括"词类区分"，"词类活用"，名词、动词、代词的用法等。第五册《高中国文》传授的"语文知识"是"修辞"。到了第六册，"语文知识"则安排了"辩论"。

很明显，"辩论"中虽然有涉及写作，但已经超越了单纯的写作。

《高中国文》教材里，对于"语文知识"的训练更为具体，范围也较苏教版大一些。很难直接下孰好孰坏的结论，而应该结合受学者的能力来判断。《高中国文》从最低要求"词类"开始，逐渐上升到"修辞"，到最后的"辩论"，学生的"语文知识"基础一层层打下，一步步提高，循序渐进，更适合于基础一般的学生。

而苏教版中的安排，则是更加适用于有一定语文基础的学生。他们对于词类的区分以及活用、修辞法的运用已经到达了一定水平，对于这样的学生，可以跳过打基础的环节，直接训练不同类型的写作了。毕竟，学语文的目的在于运用，既然学生有基础，直接进入应用环节，也是可行的。

只为遇见
ZHI WEI YU JIAN

4

现行苏教版高中语文教材与《高中国文》在选文上的优劣

文白、中外比重差异的优劣

上文提及，《高中国文》的选文里，文言比重极大，白话、外国文学作品的比重极小。而苏教版教材则相对平衡一些，文言、中国白话文学、外国文学作品的比重大致均衡。虽然就各册教材来看，有些教材的确偏重一个方面（如高二语文必修四相对偏重文言一些，选了较多文言文），但是总体而言，没有特别的偏向。

《高中国文》的优势，在于很好地锻炼了学生的文言阅读和理解力，使得学生见识了足够多的文言经典和文体范例，较大地提高了学生的古文化修养，也使得学生对于国学有了一个基础的把握。毕竟，熟悉了那么多各时代的经典，学生对于中国文学的发展脉络就会有一个较系统的了解，能够知道某一个时代的经典文体是什么，并且读过这类文体的经典作品。

但是，它的劣势也很明显。

在当时的环境下，《高中国文》显然没有和国际有很好的接轨，外国文学比重极小，且所选的外国文学并不算是真正的文学意义上的经典。这两篇外国的选文，更多的带有政治、科学、论说色彩，没有浓烈的文化韵味。这样的安排，很难激起学生继续阅读外国文学的兴趣，这在当时的环境下是不利的。

《高中国文》中新文学比重也不大，只是萎缩在第六册的后几篇。虽然在"编辑大意"里面，编者已经看到了新文学的巨大力量和价值，但在实际编纂、选文上，新文学还是没有得到足够的重视。

苏教版教材的优势，在于囊括古今中外，选文涵盖的范围广泛，西方各国、东方各国都有一定涉猎。这样的选文方式重在均衡，虽然不说面面俱到，但是各类文学都得到了自己的展示空间。整本教材的内容丰富多彩，而以单元主题为依据的编排，也让各类问题和谐交错而不显得突兀，这样的最大好处就在于，学生不会因为长时间阅读同一类文学作品而感到枯燥、乏味，更能激起学生的学习兴趣。

苏教版的劣势，笔者认为在于选文均衡而难精。

各种选文的均衡分配自然有它的长处，但也有其短处。教材选文的数目本就非常有限，而均衡分配选文类型的做法，会导致各类选文都有，都占一定比重，但都不多的特点。

无论是古典文言、中国白话文学经典还是外国文学经典，都是很值得深究的类别，很多人花一生去钻研其中的某一个门类仍不可得其精髓。学生学完这些之后，什么都懂一些，但是一般也仅限于懂一些而已。找当年一位民国毕业生比比看，现在的学生在中国白话以及外国经典方面大约会胜过民国学生，但在古典文学修养上可能就会被拉开较大的差距。

选文语文基础知识差异的优劣

《高中国文》的优势，在于可以给学生打下更扎实的语文知识基础，由浅入深的选文安排，也降低了教学的难度，更降低了基础相对薄弱的学生的学习难度。

它的劣势在于全而不精。这也是难以避免的。毕竟，以有限的篇幅去教很多的方面，都是会造成这样的状况，如上文提及的苏教版高中语文教材在选文上出现的问题，也就在于一个"全而不精"。

苏教版的优劣，则正好与《高中国文》相反。

它在一定程度上忽略了语文的最基础的知识，从第一册开始就将学生的水平摆得较高，使得基础相对较差的学生学起来颇为吃力。毕竟，不是所有的学生都有良好的语文知识功底的。

它的优势，在于通过每册书的"写作实践"，让学生熟悉了各类文体的写作，全方位提高了写作能力，而在选文内容的均衡安排上，也做到了使学生见识更多经典名篇的目的。

总之，民国的《高中国文》与现行的苏教版高中语文教材互有优劣，并且形成了巧妙的互补关系：你的优势，往往是我的劣势，而我的优势，又大多是你的劣势。没有最好的教材，每一册教材都有它的优劣，因为在教材编辑的过程之中，不可能做到面面俱到的。

教师在教学过程之中，应该大力发扬教材中的优势，而对于教材中的劣势，就要想办法通过课外阅读等方式加以弥补。

一句话，教材是死的，而教师是活的，是有创造力的个体。教师的授课如果得当，就可以在一定程度上弥补教材的不足。衷心地希望，各位教师能够努力提高自身的语文修养以及教学能力，对所使用的教材进行文本精细化解读，对教材有一个全面、直观的了解，在教学实践的过程之中自觉加以补充、完善。只有这样，才能让学生得到更全面、更好的发展。

台州民歌的本土
化色彩

▼

台州地区依山临海，境内多山地丘陵，九个县市除了天台、仙居、黄岩之外，均有一面靠海。生活在丘陵的人们开垦田地，自然地孕育了农耕文化，而靠海的人们，则更多地向海洋讨生活，同时发展了海洋文化。总之，独特的地域环境造就了台州的山海文化——既有山的秀丽幽深，又有海的浩瀚宽广。别具一格的山海文化不但潜移默化地影响着台州人的精神世界，也影响了当地的民歌创作。从流传下来的民歌中，我们可以读出明显的山海文化特质。

1

台州民歌的山海文化特质

农耕文化特质

农耕文化，是指农民在长期农业生产中形成的一种风俗文化，它以农业服务和农民自身娱乐为中心。台州民歌作为农民重要的娱乐方式之一，反映了该地区深厚的农耕文化积淀，如山歌中的呼牛调，小调中的采茶调、采桑调等。

◎呼牛调

呼牛调并非特定的一首民歌，而是具有类似特点的一类民歌的总和。其目的一般为呼唤、找寻自家的耕牛，或者排遣放牛时的无聊心绪。台州境内的温岭、临海、仙居、玉环等地，都有呼牛调传唱。题目也大体相似，有的就叫《呼牛调》，有的叫《牧童呼牛》，有的叫《看牛拔》，还有叫《柴爿鸟》《杜鹃鸟》的。原汁原味的呼牛调体现了农人们对耕牛的重视，反映了人们对脚

只为遇见
ZHI WEI YU JIAN

下这片土地的虔诚。

如温岭的《呼牛调》：

崖崖嗬哎，嗬咦嗬来，来呐啊，来咦呐跟你娘走哎，你娘在侬横（在这里）。你娘生你四脚落地爬哎，小小黄牯头，黄牯头儿跟你娘走哎，崖啊崖崖嗬，崖崖嗬，崖崖嗬，啊嗬啊嗬崖啊崖崖嗬！

在这首民歌中，可以很清楚地感受到农人对小牛犊的关爱、呵护之情。

小牛犊出生的头一年，因为皮肉还嫩着，农民是不会在它的鼻子上穿孔系绳的，而没有了牛绳，对它的约束力相对就会小很多。农民放牧母牛时，都会带上牛犊。不过，小牛并不会一直待在母牛身边，时常到处乱跑，"呼牛"就是经常的事。在上例中，农民没有丝毫不耐，充满了耕作之余的闲趣之美。

再看仙居的《牧童呼牛》：

孟嗬，嗬嗬嗬嗬嗬嗳嗬，嗬嗳，嗬嗬嗬嗳嗬，孟——

这里的"孟"，用仙居方言来读，音近于"哞"，整首山歌均为拟声词，没有实词成分，通篇都在模仿牛叫声，以此达到呼牛的目的。

除呼牛调以外，人模仿动物的叫声，固定下来并且形成一首传唱度较广的山歌，是非常少见的。人们呼狗，绝不会"汪汪"地学狗叫，更不会形成"呼狗调"，呼羊、呼鸡、呼鸭等，虽偶尔也会发出拟声词，但绝不会渗透自己的情感而升华为民歌。通篇仿家畜叫声而形成的山歌，只有呼牛调。

这是一种不自觉的对牛的亲近行为，一般而言，以中国人的思维方式，是很少有将自己的身份降格，自愿发出某种牲畜的叫声的。因此，耕牛在农人们的眼中，与猪、鸡、鸭等禽畜是不同的，它的地位要高得多。这种思维，是受长期的农耕文化洗礼而积淀成的。

◎采茶歌与采桑调

相对于山歌而言，"小调具有曲调优美、节奏规整、结构严谨的特点，即兴性小，更利于寄情山水或婉转传情"（引自勒婕《中国音乐》）。采茶调与采桑调都是台州小调的重要分支，分别代表台州小调的一个类型。

台州地处亚热带季风气候区，温度变化区间适中，年降水总量较大，且境内多山地丘陵地貌，地势较高，山区多云雾，普遍存在的酸性砂质土壤又非常利于排水。以上这些区域地理特征，都是种植茶树的优势条件。高山茶叶一直是台州的特产。

长时间的采茶劳动孕育了数量众多的采茶调。较有名的如仙居的《采茶歌》（节选）：

正月的采茶是新的年嘀嗨，姐妹双双编茶帘嘀嗨……

二月的采茶茶苞的芽嘀嗨，姐妹双双采细茶嘀嗨……

三月的采茶茶叶的青嘀嗨，茶树脚下结手巾嘀嗨……

四月的采茶茶叶的黄嘀嗨，茶树脚下白茫的茫哎……

五月的采茶茶叶的圆嘀嗨，茶树脚下小龙的盘哎……

六月的采茶泪汪汪的汪嘀嗨，太阳晒死水如汤嘀嗨……

歌词分为六段，以上为每段的开头部分。从中可以看出，采茶一般是女性从事的劳动。在采茶过程中，有"编茶帘""结手巾"的忙里偷闲，又有"太阳晒死水如汤"的辛苦。从新年过后的新茶到茶叶青、茶叶黄，半年里茶叶的状态历历在目。可见，采茶劳动历时长（半年左右），劳动量大，是人们重要的经济来源之一。采茶调的广泛传唱表明了两点：一是种植茶叶历史之久；二是种植茶叶面积之广。

除了大规模种植茶叶外，台州也多养桑蚕。桑蚕养殖业的发达，带动了人们广植桑树。如此一来，就使得采摘桑叶也成为了一项普遍的农业劳动。各地产生了各种各样的采桑调。如天台的《采桑调》

（节选）：

星闪闪来月光光哎，和风吹衣角随风荡。

整首小调简洁却富有诗意，两句歌词自然押韵。从字面上根本看不出来是唱采桑时的景象，但配上题目看，在朗朗上口的歌词中，夜晚采桑的惬意，回家喂蚕的欣喜，劳动的乐趣，尽在其中。在蚕体快要长成时，对桑叶的需求量很大，晚间也要进食多次。时常导致家中桑叶储备不够，只能连夜出去采桑。初夏之夜气温适宜，即便劳累，但歌词中却没有丝毫怨气，而是充满收获在望的欣喜。

海洋文化特质

海洋文化的本质，是指人类与海洋的互动关系及其产物。台州大部分地区靠海，海洋渔业、海水养殖业发达。海洋情结成了台州人的又一精神积淀，继而形成了独具特色的海洋文化。

与海洋有关的民歌，主要存在于劳动号子、山歌两大类中。劳动号子中的摇橹号子、拉蓬号子、起锚号子、拉船号子等，山歌中的《波哥仔》《思念夫君》等，都具有海洋文化的特色。

只为遇见
ZHI WEI YU JIAN

◎汲水号子

　　劳动号子伴随着劳动而产生，是整个人类文化历史中产生最早、最古老的艺术品种之一。它具有指挥劳动、协调动作、统一节奏、消除疲劳、鼓舞斗志等作用。（引自江柏安、周锴《音乐的文化与审美》）

　　因歌者正在进行体力劳动，很难唱出完整、复杂的句子，因此大部分号子没有明确的歌词，都是以"嗨哟""嗬呀"等协调鼓劲的语气词为主。如玉环的《拉网号子》，三门的《摇橹号子》等，通篇都是语气词，没有叙述性词句。三门的《汲水号子》，颇具有海洋文化的韵味，以下为其节选：

　　……喔啰令加三，哎呀啰，再来一把凑，喔啰三。哎啰嗬嗬吣啰……泻洗。

　　《汲水号子》的"汲"，方言读音类似普通话的"七"，这种号子，是将船舱里的水倒入海中时所唱。"令加三"是语气词，无实意。"凑"放在句末的用法，在台州地区比较常见，主要起强调作用。"再来一把凑"的意思就是"再来一次"。结尾处的"泻洗"是模仿水倒入大海的声音。

汲水不及时，渔船就有沉没的危险，汲水对人的体力消耗很大。但正是这种特殊的环境才造就了渔民勇敢、团结的品质和乐观积极的心态。

◎《波歌仔》与《思念夫君》

《波歌仔》是流传在玉环一带的民歌。"波歌"是山歌的一种，当地人们称它为"波歌"或"驳歌""抛歌"，传唱较广，现录于下：

一只大船九面波喔，东海大洋好玩玩喔，碰到南风转北暴喔，十条性命九条无喔；一口菜碗打四开啰，后生无妻真吃亏啰，倒在船中喘粗气啰，好鱼好肉养不肥啰。

歌词前半部分描绘的是渔船遇到风浪时的危险，通过较快的节奏和迫切的情感，营造了一种紧张的氛围，后半部分唱的是风浪过后渔民们的内心活动。抒发了两个感叹。一是感叹危险：在这样容易丧命的大海上，没有婆媳妇就死去实在可惜；二是感叹艰辛：在这些担惊受怕的日子里，哪怕吃得最好也长不胖。

确实，出海的危险人人皆知，但是渔民们绝不会因此而退缩。《波歌仔》唱出了人们无所畏惧、勇往直前的豪迈之情。

《思念夫君》是温岭的山歌，采录于下：

一只船儿四面波，驶到外洋把鱼捕，一碰碰到三八暴，夫君性命差点无。一只船儿赤丹丹，船驶山岭尖刀蓬，车篷拔钉出外港，夫遇风浪我咋装？

"咋装"是当地方言，意思是"怎么办"。整首民歌，唱的是妻子对出海在外的夫君的思念之情，忧虑之心溢于言表。而通过对丈夫的担忧，转而联想到自己的命运，结尾处的疑问将感情进一步深化。

无论是《波歌仔》还是《思念夫君》，都唱出了出海的危险，与危险相伴的，往往是机遇、财富，这就是海洋的魅力所在。在它的影响下，台州人既有一种强烈的开放、探险意识，又有足够的忧患意识。

综上所述，台州民歌的独特之处，就在于将海的开放与山的雄浑融为一体，体现出山海文化特质。虽然表现农耕文化的民歌较多，但总体上看，歌唱农耕与歌唱海洋的民歌比例相对均衡，诸多县市既有相当数量表现农耕的民歌，又有一定量表达海洋情结的民歌。如临海，既有大量的呼牛调、采茶调，又有大量的摇橹号子、拉蓬号子等。这种特质是台州民歌本土色彩的重要体现。

2

台州民歌反映了浙东的民风民俗

民风民俗是一个地区本土性的直观体现。浙东即钱塘江以东，广义上包括宁波、绍兴、台州、温州，金华、丽水、衢州等地区。这些地区在民风民俗上具有相似性。台州作为浙东的一部分，其民歌带有浓厚的浙东本土色彩。

民风民俗具有两面性，既有积极健康的，又有消极落后的。在台州民歌中，既有对健康习俗的肯定，唱出人们的欣悦，又有对落后习俗的痛斥，直言其危害。以下将从正反两面性分析台州民歌中反映的民风民俗。

对积极健康习俗的肯定

台州民歌中对积极健康习俗的肯定，并不是直白言之，而往往是虚设主人公，通过歌唱主人公的欣喜之情，从侧面肯定某项习俗。虚设的主人公名字有"尼（二）姑娘""思义阿哥""小彭嫂"等，在不同县市有差异。

观灯记作为小调中的一大类型，在台州各县市都有流传，虽然各个地区之间的观灯记在歌词、曲调上有区别，但都是写正月十四看花灯时的乐趣。如临海的《姑嫂看灯记》（节选）：

一更里姑娘呀要去看花灯。姑娘嫂嫂对镜笑盈盈。解下青丝发，梳起龙凤头，桃红袄子相配绿绫裙，对镜里披风呀披在奴的身。我的姑娘呀，绣花缎鞋龙凤牡丹花郎呀。

二更里姑娘呀要去看花灯。姑娘嫂嫂出了自家门。街坊闹盈盈，观看什么灯，龙灯马灯狮子绣球灯，那旁边琵琶呀琴声响得清。我的姑娘呀，站在旁边细细自家听郎呀。

……

姑娘嫂嫂"笑盈盈"，街坊邻居"闹盈盈"，女人们穿上色彩艳丽的绫裙，满街"龙灯马灯狮子绣球灯"，再加上阵阵琵琶声，点染了一幅众人同乐的闹元宵、赏花灯的画卷。整首小调以时间顺序连贯而下，每一句都只改变第一个字，从一更到五更，既显出结构的清晰，又可见闹花灯时间之长。在一年的繁重劳动之后，有这样一个节日可以纵情欢乐，又可以尝到难得的美味，无疑会对人们的身心起到很好的愉悦作用。对于这样的节日，人们通过写节日中的乐趣而加以肯定。

不过，从民歌中可以看出，台州地区的闹元宵，是具有独特性的，与我国其他各地既有相同之处，又有浓郁的本土色彩：都是赏花灯，但却以正月十四为节，非是吃元宵而是吃糟羹。

临海有《竹枝词》写道：

别府十五我十四，台州元宵真别致。家家糟羹门前喝，苦在前头福有余。

有关将元宵节提前一日的原因，一直以来众说纷纭，有方国珍的"孝子改节说"，戚继光的"战事说"等。而吃糟羹的原因，清代的《台州外书》中写道：元宵时"以肉、菜和粉杂荠笋作羹，以多为贵，谓之吃糟羹。相传自唐筑城时，天寒以是犒军，遂成故事"。

总之，正月十四看花灯、吃糟羹，是台州地区经久不衰的传统习俗。

对消极落后习俗的否定

台州民歌中也有对消极落后习俗的否定。如仙居山歌《十守孝》（节选）：

第一守孝守孝堂啊，十八岁大姐面皮黄。头插骨簪身披孝啊，足踏白鞋落孝堂。

中国一直提倡孝文化，守孝三年是这种文化的体现。但是，对于歌词中的"十八岁大姐"而言，在守孝三年中度过了本该最美好的青春年华。在披麻戴孝的过程中，熬得面黄肌瘦，如果不守规矩必然会背上"不孝"的罪名。因此以含蓄方式道出无声的控诉，孝在于心，在于亲人在世时的行动，而非人死之后的形式。《十守孝》对旧社会普遍存在的守孝习俗进行了批判。与之相类似的还有三门的小调《缠足歌》（节选）：

女儿要缠足，却因何？忍泪问爹娘，泪更多，哥哥弟弟同是爹娘生，为何单单将儿缠了足，受折磨？

第一问娘亲，娘亲呀，娘是过来人，怎忍心，一针一线紧将儿足缠，痛伤心肝，求娘不应，更缠紧。

……

以上两首民歌，都是以沉痛的口吻，控诉一些习俗的不合理性。《十守孝》的情感表达方式含蓄不露声色；《缠足歌》的情感表达直露，但明显可以看出女主人公最终难免缠足之苦。从结果上看，二者的反抗都失败了，这很符合当时的社会现实。但民歌毕竟是根植民间的，具有鲜活气，哪怕是面对不可反抗的现实，也不会都局限在沉重的基调下。玉环的山歌《七岁郎》，表现了旧社会一种令人深恶痛绝的现象。但是却通过直白、轻快的形式进行呈现，与以上两首民歌形成了鲜明的对比：

> 油菜花开满地黄，十八岁大姐嫁格（个）七岁郎。日里喂饭舀面汤，夜来洗脚抱上床。郎呀，若不看你堂上公婆面，应该你做儿来我做娘！

这里的"面汤"通常理解为"洗脸水"。

该首山歌通过高亢的曲调，唱出了女子的怨愤。先以"油菜花开满地黄"起兴，自然转到夫妻年龄差距悬殊的荒唐。最后一句更是直白非常，明白晓畅地道出至情至性之语。整首山歌内容的沉重不输《十守孝》和《缠足歌》，但表达上却不显沉闷，沉重的内容与轻快的表达方式形成对比，具有较高艺术价值。

台州民歌中对于落后习俗的否定，展现了人们对自由、平等、光明的向往与追求，具有进步性。

三

台州民歌蕴含了独特的和合精神

台州是和合圣地，是中华和合文化的主要源头之一。

在台州民间故事中，一直有"和合二仙"的说法，形象最初为两个孩童，他们是喜神。清朝雍正十一年，皇帝册封寒山为"和圣"，拾得为"合圣"，至此，世传和合神像上的人物也就成了寒山、拾得两位僧人的形象。

和合文化在台州之所以得以生根发展，唐代诗僧寒山起到了重大推动作用。寒山是中国第一个隐逸白话诗人。他一生隐居天台七十余年，留下了三百多首白话诗，而和合精神，就在其诗中一气贯穿。

和合文化的核心是和谐包容，在律己善己的基础上与人为善，和谐相处。它主要体现在人地和合、人际和合、身心和合三个方面。这种精神渗透进百姓的日常生活，自然也就在民歌中体现了出来。

当前，和合文化已经被提升到了治国理政的高度，是涵养社会主义核心价值观的重要源泉，具有时代价值。在这样的时代背景下，探索台州民歌中的和合精神，具有非常重大的意义。

人地和合

人地和合指人与自然的和谐。这里的"地"是一个泛指，也包括了海洋。台州地区有明显的山海特质，因此想要做到人地和合，就必须秉承生态文明观，处理好人与地、人与海洋之间的关系。

在台州民歌中，人地和合主要表现在赞美自然、适应自然上，对自然的破坏、征服几乎没有出现在民歌中。这表明台州人较早就认识到了人地和合的重要性。

◎赞美自然

一直以来，赞美自然的民歌就占有较大比重。这些民歌一般都包含在山歌、小调中，或赞山的秀丽幽深，或叹海的广阔无际，充满了朴素而美好的情感。台州民歌中不乏赞美自然的，但是台州的这一类民歌却别具特色：很少直言自然风光之美，而是将其融进具体的劳动场景中，在劳动中享受自然风光。如温岭的《采石号子》（节选）：

老师头哎打来健啊，晏阶落山早上岸啊哎。清早朝霞哎烧红天哎啊，太阳刚刚哎露出来啊哎。我把小锤哎啊三斤三哎啊……号头起哎，人头齐啊哎……

　　"老师头"是台州地区对于手艺人的尊称，"打来健"即"快点打"。"晏阶"是方言，相当于"下午"。为了与曲调相对，在"晏阶"和"落山"省去了"日头（太阳）"。

　　这是一首劳动号子，带有如此多歌词的号子是非常少见的。歌词中虽然没有直言自然之美，但却将一天之中太阳的动态形象描绘——从日出到朝霞到落山，并与打石"老师头"的工作结合在一起，太阳既起到计时的作用，又催促早起，给人干劲。那"烧红天"的朝霞，在打石工看来自然是很美的，因为它不但给人视觉上的享受，也预示一天繁重工作的结束。与之类似的有天台的小调《小放牛》：

　　三月里来桃花红梨花白，花儿开满园，又只见十样牡丹何方采唷那么咿呀嗨。

　　行走来到荒郊地上，见一位牧童头戴草帽身穿蓑衣，口内儿唱的都是莲花调呀那么咿呀嗨！

　　这首歌相比起来更直白一些，三月里鲜花盛开，引得牧童都开始唱起"莲花调"。既恰到好处地赞美了自然，又充满闲情逸致。

大量类似的民歌，归结为一句，就是在劳动中体味自然之趣。这是人地和合的一种表现。

◎ **适应自然**

在生产力低下的年代，自然环境对人的影响较大。台州民歌的可贵之处，就在于人们是在适应自然、改造自然而非是以征服为目的。

台州境内多山，生活在山里的人民想要生存下去，就必须开垦农田。为此山民多养耕牛。与之相应的，山歌呼牛调产生了。山地多旱田，为了种植水稻，需要往田里引水，由此产生了车水号子。在农耕年代，成年男子终日在田里劳作，为了打发无聊时光，也为了鼓劲，便又有了田歌。

山地里除了开垦良田外，也广植茶树作为经济来源，妇女们在长期的采茶劳动中创造出了采茶调。

在小农经济主导的年代，商品交换不发达，农产品很少进入市场而成为商品。蚕茧是少数能交换的农产品之一，一个家庭还需养蚕以换钱。大量种植桑树也使采桑调得以出现。

台州大部分地区靠海，生活在海边的人们为了出海，为了应对风浪的威胁，不仅需要一整套的技术，还离不开人与人之间的团结协作，因此，起锚号子、拉蓬号子、汲水号子、摇橹号子、

只为遇见
ZHI WEI YU JIAN

拉网号子、拉船号子等应运而生。

　　人们需要亲手盖房，因此打夯号子、采石号子、起重号子、抬石号子等也就有了土壤。

　　台州地区的居民既需要适应山地，又需要适应海洋。他们努力适应自然的同时，也在改造着自然。在这过程中，有了一系列朴素的山歌。这些山歌也并不歌颂破坏自然的行为，所谓人地和合，也就体现出来了。

人际和合

　　人际和合，即指人与人友善相处，营造和谐的社会环境。

　　在台州民歌中，人际和合的主要有两类，一是表现亲属之间的，二是表现邻里之间的。第一类表现的是夫妻之间、叔嫂之间、亲兄弟之间的和睦相处，营造良好的家庭氛围；第二类则是表现邻里、朋友之间的互帮互助，营造和谐的社会氛围。

◎亲属关系融洽

　　台州民歌中，有相当大的一部分写夫妻情感的，其中尤以妻子思念丈夫的题材最多。如上文的《思念夫君》，就是如此。除此之外，还有黄岩的小调《十二月想郎》：

正月里想我郎是新年，小才郎出外去已有大半年。少年的鲜花儿你不回来采，老来的无儿子苦呀苦黄连，我郎呀。

歌词朴素率真，既有对郎君的思念，又有幽怨的叹惋、年华易逝的惆怅。最后一句"我郎呀"，起强调作用，显出思念之深。"鲜花"与"苦黄连"既是比喻，又是对比，生动巧妙而又不失含蓄。堆积的闺怨情绪最终化为对自身命运的忧虑，思念之情到达高潮。这是夫妻感情和谐的体现。

也有表现叔嫂关系和谐的。如玉环山歌《牧牛歌》：

五更金鸡叫喽喽，嫂嫂叫叔去牧牛。蓑衣箬笠挂钩上哪，麦饼夹糖嗅嗅饭镬头。

早年牧牛哎人喜乐，今年看牛人哀愁，牛娘吃尽格田边草哪，牛儿踏在嗅嗅田中央。

"饭镬头"是当地一种常见的食物，即在烧饭时，锅内架上小架子，在架上放食物，通过煮饭的热气蒸熟。这类食物即是"饭镬头"。

嫂嫂叫叔去牧牛，并为他准备了蓑衣箬笠、夹糖的麦饼和饭镬

264

只为遇见

ZHI WEI YU JIAN

头。蓑衣箬笠是预防下雨，而夹糖的麦饼在旧时算是很奢侈的食物；饭镬头也有一个突出特点——特别抗饿，是担心放牛时间太长导致小叔饿肚子。整首民歌里，嫂嫂既怕小叔冻着，又怕他饿着，可见叔嫂关系之和谐。

◎邻里关系和谐

亲属之间的和睦仍局限在一个家庭或者家族内，其社会囊括度也比较小。台州民歌中的和合，还存在于邻里之间。在黄岩地区普遍流传的山歌《你打锄头我打刀》，就是表现了这种和谐的场面：

嗾来！嗾来！隔岸高啊隔岸高啊，嗾来！
你打锄头我打刀啊，嗾来！
你把锄头借我削削棉花草啊，嗾来！
我把脚刀借你割割老茅草啊，嗾来！

"脚刀"是当地的方言，即柴刀。农人们相互借用农具，不涉及任何物质上的报酬，都对对方有着充分的信任。这种信任，是和合精神的直观体现，也是和合精神的外化。这首山歌从表面上看，是两个农人在农具问题上的互帮互助，但其内在指向却是和谐的邻里关系。

该山歌流传范围广，传唱度较高，因此可以进行以下推断：农人们的互帮互助是相当常见并且得到广泛认可的。《你打锄头我打刀》描绘的不是"特殊性"而是"普遍性"。或者说，是通过一个例子，使得普遍性得以显现。如此一来，和合就不再受到地域、行业的局限，而是指向各种各样的社会群体。

个体身心和合

身心和合是一种健康的状态。这种状态以内蕴的和合精神为支撑，具体表现为身心状态的和谐、协调。心理上，不良的情绪得到宣泄，排遣情绪，藻雪精神；生理上，因良好的精神状态带动，呈现出一系列健康的反应。这二者往往具有一致性，尤以心理层面的和谐为重。以下重点讲述台州民歌对人心理的涤荡作用。

◎自我排遣

民歌来源于社会生活，绝大部分是由底层的劳动人民所创。总体上看，民歌的创作主体偏向弱势群体，弱势往往意味着被剥削、被欺凌。处在被欺凌状态的劳动人民，心理、生理受到了双重压迫，容易引发各类不良后果。一般而言，生理上受到的压迫是很难避免的，人们必须寻找一个心理上的宣泄口，排遣内心深处的不良情绪，

只为遇见
ZHI WEI YU JIAN

在精神上蔑视剥削者、欺凌者，以达到苦中作乐的和合状态。

临海山歌《杜鹃鸟》，属于呼牛调。其歌词讲述的是看牛小弟被后娘虐待的惨状。后娘疼爱自己的孩子，使他生活得颇优渥，而对待看牛小弟，则是极尽压迫之能事，除了放牛，还得承担大部分家务。于是，在身心疲惫之下，看牛小弟发出了如下感慨（节选）：

杜鹃鸟，叫落坪，看牛小弟问后娘。那株毛竹好做笋，那株毛竹万年长。

杜鹃鸟，叫落坪，唱支山歌劝爹娘。自古苦难出孝子，含口宠儿变畜牲。

……

柴爿开花白丛丛，要与爹娘说清通。宠狗爬灶自作孽，钢筋铁骨煅英雄。

柴爿开花白丛丛，唱出戏文分西东。牛角挂书终当贵，绮罗丛里养懒虫。

歌词意思简明，看牛小弟反反复复唱的歌词归结起来，就是"宠子不孝""宠溺有害"的道理，表明自己日后的成就会更高，因为"自古苦难出孝子"，"钢筋铁骨煅英雄"。这样一来，看牛小弟的情绪就得到了排遣，能自我找寻到心理安慰，并且以此为契机奋发努力，"牛角挂书终当贵"。如果没有这样的排遣活动，看牛小弟的心理很有可能会被引向病态。总之，正是有了这一系列的心理活动，才将其精神导向健康向上的层面，最终化为忍耐、奋发等行动。这是身心和合的一大成果。

◎**宣泄情绪**

情绪的宣泄与自我排遣不同，自我排遣仍处在一个相对含蓄的状态，是通过内心的疏导看淡所受的折磨，在精神上寻求一个安慰。宣泄则更加激烈，通过大胆、泼辣、直迫的语言，直言委屈之事，有时甚至将粗俗的话语用于其中，讽刺直接而朴素。

长工叹，与呼牛调一样，是台州山歌中的一大类，占有较大的比重，主要唱的是旧社会时长工叹苦叹穷之语，表现长工所受剥削的严重。玉环的《长工叹》，节奏较快，感情强烈，歌词虽在哀叹饮食的难以下咽，实则痛斥雇主的吝啬：

二月里来二月中，喝粥连汤唉是长工。三盆菜蔬唉两盆空啊。一盆醃虾唉摆当中唉。一夹夹来唉三根虫啊，大虫小虫唉闹闹动唉。

玉环靠海，水产丰富，醃虾是最便宜的菜蔬，而就这样的菜蔬，

只为遇见
ZHI WEI YU JIAN

还长了虫。长工的悲愤可想而知。类似的例子还有温岭的《长工叹》：

> 嗯四月里四月中啊，啊主人家嫂做起麦啊饼请长啊工。
> 嗯做起啊麦饼铜钿度（铜钱大小），一夹烂脚醃菜嵌当啊中。

请长工时尚且如此吝啬，何况平日？

山歌与小调的分野，除了演唱环境、流行地区等外因之外，还表现在音乐思维的不同。"山歌的音乐思维表现为'纵情'，而小调则强调'节制'"（引自陈新凤《纵情子节奏：对汉族民歌体裁的再认识》）。因此山歌对情绪的宣泄力度较大。除了长工叹之外，还有如温岭的山歌《夫妻双接叹》，天台的山歌《老汉自叹》，临海的山歌《十二月叹苦》等，都用激昂的情感，对剥削者、欺凌者进行了毫无保留地揭露。而通过这种强烈的情感宣泄，农人们的心灵得到净化，排遣情绪，藻雪精神，并且带动了生理往积极健康的方向发展。

面朝山野的呼喊

——临海山歌《杜鹃鸟》赏析

杜鹃鸟

杜鹃鸟，叫落垟，看牛小弟哭亲娘。

自己亲娘多少好，讨个晚娘硬心肠。

杜鹃鸟，叫落垟，看牛小弟问后娘。

那株毛竹好做笋，那株毛竹万年长。

杜鹃鸟，叫落垟，唱支山歌劝爹娘。

自古苦难出孝子，含口宠儿变畜牲。

唱支山歌抛过墙，唱给爹娘叫端详。

哥弟都是亲娘生，手心手背要一样。

杜鹃鸟，尾巴长，死了亲娘宠后娘。

问爹为啥心各样，那个不是爹爹生？

杜鹃鸟，尾巴长，问爹为何心两样？

前娘儿子去看牛，后娘儿子读书郎。

山茶开花满山红，看牛小弟想不通。

哥哥身上芦花衣，弟弟身上白锦绒。

山茶开花闹丛丛，哥哥弟弟不相同。

哥咬糠饼硬邦邦，弟吃肉饼软松松。

柴爿开花白丛丛，要与爹娘说清通。

宠狗爬灶自作孽，钢筋铁骨煅英雄。

柴爿开花白丛丛，唱出戏文分西东。

牛角挂书终当贵，绮罗丛里养懒虫。

1

山歌《杜鹃鸟》的流传概况

临海山歌《杜鹃鸟》，又称《柴爿鸟》，或《看牛小弟哭亲娘》，是地道的临海民歌，已经有几百年的历史，在临海及周边地区均有流传，是以前贫苦牧童和成年男子在山野看牛或劳动时所唱，以表达自己的情感，排遣心头的愤懑。

新中国成立以前，《杜鹃鸟》以口耳相传的形式在民间流传，直至1952年，才由台州地委文工团汪婉贞搜集整理记谱。1954年春节，大田人邵志根在参加西岑乡文艺宣传队巡回演出时，首次将民歌《杜鹃鸟》搬上农村戏台演唱。同年，大田文化站推选大田刘村十四岁的牧童刘道寄参加县里的文艺会演。刘道寄演唱了《杜鹃鸟》并获优秀演唱奖。接着他又参加了台州地区、浙江省的文艺会演，均获得优秀演唱奖。1955年，此节目被选入浙江省代表团参加在北京举办的音乐周的演出歌曲。为了适应形势，省里提出要对歌词进行修改。大田文化站工作者杨成忠将吴烟痕的一首歌词作了修改，按刘道寄演唱的《杜鹃鸟》曲调记谱改编，歌名《日出东山》，又名《救命恩人共产党》：

日出东山红似火，我看牛小弟笑呵呵，

东山上藤缠树来，西山上树缠藤，

受苦的人儿缠上了共产党，救命恩人是毛泽东。

刘道寄随浙江省农村代表队参加在北京举行的全国音乐周的山歌独唱，获得了音乐专家的高度评价，又获优秀演唱奖。音乐周期间，刘道寄还被邀到中南海为国家领导人演唱，深受好评，被誉为"牧童歌手"。当年国内许多报纸都作了相关报道，影响很大。苏联《消息报》也转载了《星火画报》有关刘道寄的报道。

接着，《杜鹃鸟》入选《全国群众业余音乐舞蹈观摩演出会优秀节目选集》，由上海中国唱片厂出版发行，成为民歌中优秀作品的代表。

1994年，《杜鹃鸟》入编人民音乐出版社出版的《中国民间音乐集成》浙江卷。

目前，临海市非物质文化保护中心正在进一步收集资料，申请将山歌《杜鹃鸟》入编浙江省非物质文化名录。

2

《杜鹃鸟》具有浓郁的浙东本土文化色彩

山歌《杜鹃鸟》，是临海本土文化的体现，是浙东地区具有代表性的民歌作品，在江南民歌中占有一席位置。《杜鹃鸟》带有浓郁的本土文化色彩，无论在语气、用词还是押韵方面，都没有受到外来文化的干扰，在几百年的口耳相传中，完整地保留了下来，没有变味儿。不得不说，这非常不容易。

山歌从侧面体现了临海一带的婚姻习俗——男子续娶。从山歌经久不衰可以看出，这种现象在当时带有一定的普遍性。这其实也是山歌《杜鹃鸟》产生的原始动因。父亲续弦，也就自然出现了山歌中所唱的"晚娘"。后娘很大程度上偏爱自己所生的孩子，这是很正常的心理。"自己亲娘多少好，讨个晚娘硬心肠"。临海民间流传着这样的老话：六月天的日头，老继娘的拳头。可见，晚娘虐待继子是普遍存在的社会现象。而在后娘的教唆下，父亲对"看牛小弟"的情感也越来越淡薄。因此山歌中也出现了对亲生父亲的诘问："问爹为啥心各样，那个不是爹爹生？杜鹃鸟，尾巴长，问爹为何心两样？"殊不知，当时由于社会生产力落后，一家人子女众多，每个子女分到的亲情、关爱是极其有限的，而看牛小弟夹在他的这群弟弟妹妹之间，其艰难处境可想而知。也正因为有了这样的经历，才迫使他唱出如此凄婉动人的山歌。对亲娘的思念，对后娘的无可奈何，对父亲的诘问，交织成了山歌朴素而发人深省的歌词。

山歌的抒情主人公，毫无疑问是"看牛小弟"。临海有些地方不叫"看牛小弟"，而是叫"看牛细佬"。无论是哪一种，都是"看牛"，却不说"放牛"，为什么呢？

以笔者之见，这个称谓充分体现了临海本土文化在表词达意方面的准确性。临海地区的地形以山地丘陵为主，地表起伏不平，因此人们为了收获更多的粮食，就只能在山上砌田。一层一层地垒起来，就形成了浙东地区一道壮丽的景观——梯田。来到农村，你会发现大部分稍微平缓的坡地均被开垦出来，砌成了梯田，如此一来，山上就少有牛能吃的青草了。因此，牧童不得不把牛牵到较远的未经开垦的山上去。而那么多的梯田，家家户户都养着牛，牛草的需求量很大，即使是在这些偏远的山区，大多牛草也被人

只为遇见
ZHI WEI YU JIAN

割了一茬又一茬，山上其实是荒芜的——笔者父辈年轻时，乡下山野也还是这般样子。

如此状况下，看牛小弟更多的是牵着牛，徘徊在田头、路旁、涧边，发现一处有青草的地方就停下来，让牛去啃，过一会儿草啃完了，就换一个地方，如果不随时牵着缰绳，牛就会去啃吃庄稼。因此，临海及周边地区都管这活叫"看牛"，而不叫"放牛"。

另外，"看牛"与"放牛"所需的精力是不同的。"放牛"，那就任牛去吃草，大把的时间做自己的事。古人写诗道："牧童骑黄牛，歌声振林樾"，"乱插蓬蒿箭满腰，不怕猛虎欺黄犊。"这些都是"放牛"，不难看出虽然艰苦，却可以有一部分自己支配的时间，有几分自得其乐的感觉，可以看出牧童的天真以及浓浓的童趣。"放牛"应是在平旷的草场或原野，上面长满了青草，你可以任由牛走，绝不怕牛会走丢。而"看牛"，就不得不一直盯着，不停地给牛找草吃，不住地防着牛去啃吃庄稼，这其中的艰辛，真不是"放牛"可比拟的。笔者以为，这里就体现出临海方言表意的准确性了。确实，饱含本土气息的"看牛"一词，符合临海本地独特的地理环境特点。

再有，就是"垟"的说法，这也是具有地方特色的。地处小盆地的一些村子，经常会把"垟"作为村名中的一部分。亚热带季风气候的浙东山区，水田中的水其实并不充裕，在以前，引水技术远没有现在那么发达，田水的来源很大程度上依赖自然降水。因此，降水之后的几天，就是人们开始在水田上高强度劳动的日子，即农忙。山歌《杜鹃鸟》中，多次提及"叫落垟"，是一种对气象的预告，不了解浙东地区"赶水种田"的劳作方式，就很难理解"叫落垟"的意思。

三

《杜鹃鸟》具有朴素的表现手法及"哀而不伤"的艺术特色

山歌《杜鹃鸟》最值得推崇的就是朴素的表现手法和"哀而不伤"的艺术特色。

《杜鹃鸟》的语言直白，通俗易懂。山歌选取的第一层面抒情意象是杜鹃鸟，后文的柴丬花、山茶花等等算是小一级的抒情意象。作为抒情意象，杜鹃鸟在很久以前就被赋予了特殊的凄婉情调。传说望帝杜宇被迫让位给他的臣子鳖灵，自己隐居山林，死后灵魂化为杜鹃。望帝是历史上的开明皇帝，他生前关心民生疾苦，非常重视农业生产，化作杜鹃鸟后仍然挂念着百姓，清明过后，便日夜啼叫："早种包谷！早种包谷！"催促人们快点播种，莫要误了农时。

总之，杜鹃鸟的内涵主要在凄苦上，比如白居易《琵琶行》中所说"杜鹃啼血猿哀鸣"，李商隐的代表作《锦瑟》中也有"望帝春心托杜鹃"之句。以杜鹃鸟作为抒情意象，奠定了山歌凄楚哀婉的基调。

凡山歌，都是人们在田野劳动或抒发情感时即兴演唱的歌曲。大多山歌结构都比较短小，歌词简单，回旋复沓，同样的歌词在旋律之中反复出现，便于人们记忆、歌唱，也更利于强调情感。但是《杜鹃鸟》却并不如此。它的词句，除去前一句的起兴是三言的短句构成之外，单句已经达到了七言，句式较长，很适合表达更加丰富的感情。

整首山歌，内容丰富，结构冗长，前后竟有二十行之多，每行中除去前一句偶尔有重复之外，后一句则灵活多变，字面上都不重复，如此复杂的结构、内容对于一首山歌而言，的确是很少有的。

山歌以"杜鹃鸟，叫落垟"起兴，然后转到"看牛小弟哭亲娘"。第一句的作用，并不是单纯起到调节韵律的押韵作用，除了该作用之外，还与下文在意蕴和情感上有着密切联系。如上文分析，"杜鹃鸟，叫落垟"起到了一个很好的渲染环境，烘托气氛作用，渲染出一幕杜鹃啼血，风雨欲来的凄楚农忙之景。在此情此景之下，看牛小弟自然而然生出想念亲娘的情绪。这种手法带有一定的艺术性，如在名篇《诗经·秦风·蒹葭》之中，就是以"蒹葭苍苍，白露为霜"起兴，在调节韵律的同时也点染了一幅深秋美景之图，为下文求女渲染环境。

众所周知，《诗经》中的诗歌产生于远古时代，表现手法相当朴素直观，但表达的情感却很真挚。而因为兴的运用，《杜鹃鸟》山歌也具备了这种特点。用临海方言唱出来，歌词朗朗上口，意思通俗易懂，且绝无生僻之字，风格明白晓畅，道出看牛小弟的心底之语。

与此同时，此山歌还有一个重要特色：观其字面虽然不尽相同，但是很多句子的意思其实没有什么差别。如对父亲的诘问有两处，一处为"问爹为啥心各样，那个不是爹爹生？"还有"杜鹃鸟，尾巴长，问爹为何心两样？"这两句，字面不同但意思完全一样。

歌词中还反复表达一个为广大百姓所认同的观点即宠子不孝。比如"那株毛竹好做箩，那株毛竹万年长""自古苦难出孝子，含口宠儿变畜牲""宠狗爬灶自作孽，钢筋铁骨煅英雄""牛角挂书终当贵，绮罗丛里养懒虫"等句。这样把相同的意思用不同的譬喻进行表现的手法，既避免了同一个句子反复出现造成的枯燥，也使得山歌更多了几分文学韵味，增强了艺术感染力。同时，同样的意思以不同形式回旋复沓，也起到了极好的强调作用，四处强调"宠子不孝"的观点，山歌在传承孝敬美德上起到了积极的作用。

山歌《杜鹃鸟》的演唱，曲调由起承转合四个简单的乐句组成，分节歌的形式。节奏自由，缓慢舒展，音域不宽。4度至7度的大跳较多，听起来有跌宕起伏之感，前后倚音、滑音的运用，形成变化无穷的优美动听旋律。这种调子，跟临海民间盛行的地方戏及哭灵的腔调完全一致。可见，《杜鹃鸟》采用的是当地百姓十分熟悉的表达方式。这种在浙东地区广泛流行的调子通过与杜鹃鸟的意象相融合，更能强烈地表达了凄凉哀婉之情。哭灵的调子总是如泣如诉，哀伤至极，潸然欲泣才是应有的情绪，但是山歌的特点却包含着浑厚高亢，曲调爽朗。当山歌的特点与哭灵之调相结合，当看牛小弟与成年农人以浑厚的嗓音唱出哭灵的调子，竟形成了一种"哀而不伤"的特色。正因为山歌唱出了农人们心底的愤懑和哀怨，鞭挞了世间贪婪、自私的品行，寄托了对未来生活的向往，所以才能通过一代代牧童和农人口耳相传的形式，流传至今。

《杜鹃鸟》歌词的"垟""阳"之考

在山歌里起兴的第一句是"杜鹃鸟，叫落垟"。若没有看过歌词，很多人自然而然会认为是"叫落阳"。——事实上，这两个说法仍广泛存在于临海文化界，无法取得一致看法。山歌《杜鹃鸟》

创作于几百年前，以口耳相传的方式流传至今，最初创作者的意图，现已很难揣摩，但是我们仍可以根据临海的社会生活现实，对该问题进行探究。

那么，究竟是"叫落阳"还是"叫落垟"呢？笔者的观点，应该是"叫落垟"更合适一些。

很明显，单从读音上来说，无论是普通话还是临海方言，"垟"与"阳"这两个字的读音都是一致的，从该角度无从辨别。

"落阳"的意思很好理解，临海的方言，将太阳"下山"说成"落山"，该句的意思就是"太阳下山"。那么，这种说法有没有根据呢？我们知道，杜鹃鸟分很多种，包括大杜鹃、四声杜鹃、八声杜鹃、中杜鹃、小杜鹃、鹰鹃等。大杜鹃的叫声是双音节，听起来类似于"布谷，布谷"，所以也叫作布谷鸟。据有经验的老农说，布谷鸟一般是在白天啼叫，太阳下山之后就栖居在山林里不再出声。所以，大杜鹃"叫落阳"，是不太可能的。

但四声杜鹃就不好说了。四声杜鹃，又称"鸤鸠""子规"或"杜宇"。它的啼叫声，很像"早种包谷，早种包谷"，也有古代诗人认为是"不如归去，不如归去"。无论哪个说法，都是四个音节组合成的，所以叫"四声杜鹃"，很容易和布谷鸟的啼叫声区分开来。布谷鸟虽然叫声很洪亮，但它很胆小，从来不敢接近人类和村庄。其他的如中杜鹃、小杜鹃、八声杜鹃等叫声小且都不动听，它们也从来不敢接近人类。而四声杜鹃特别胆大，它总是爱进入村庄，在房前屋后的高树顶上，不分昼夜地啼叫（诗人通常所说的啼血杜鹃只指四声杜鹃）。也就是说，四声杜鹃，是可以在"落阳"之时或之后啼叫的。而其他种类的杜鹃并不会日夜凄凉地啼叫。

临海地处浙东地区，大杜鹃与四声杜鹃都有广泛的分布。因此单从这点来看，的确无法排除"叫落阳"这种说法。细细想来，四声杜鹃在日落后凄声啼叫，看牛小弟也随着这叫声回到家里，后娘看着牛瘪瘪的肚子，觉得牛没吃饱，父亲经过农忙的劳作，疲惫不堪，脾气也暴躁起来，在后娘一番火上浇油后也开始责骂看牛小弟，对于后娘的毒打禁食也不闻不问。看牛小弟受到这般待遇，便又怀念起亲娘的好，想起后娘对亲生儿子与继子极不对等的待遇，不禁放声痛哭，在凄凉的杜鹃鸟啼叫声中触景生情，唱出这首山歌，这事极有可能，也符合一定逻辑。

而"叫落垟"的意思是什么呢？在浙东山区，人们把山间的小平原称为"垟"，也有人称"洋"的。"垟"里都是种植稻谷的水田，不过大部分的田地都要等到降雨时才能做田。笔者询问过很多有经验的老农，他们都认为，当杜鹃鸟的鸣声越来越近，即从山顶叫到山脚，也就是靠近"垟"里时，一场大雨就会来临。杜鹃的啼声"叫落垟"了，预示着大雨即将来临，这是一种正确且得到农人们长期认可的"天气预报"。大雨开始下了，农人们就迎来了农忙。与此同时，梯田里成熟的麦子必须在雨天来临前抢收完毕，再趁雨水充足做好水田插上秧苗。一旦错过时机，不但麦子会全部发芽变质，水稻也无法播种。因此，在浙东山区，农人们将大杜鹃的啼叫声拟成"郭公，郭婆，秧长，麦芽"。

农忙时节，大人们忙，失去亲娘的看牛小弟也到了一年中最难挨的时日。大路旁，田坎上的青草都沾满了泥浆，只能把牛赶到山上去吃草，可是耕作了大半天的耕牛胃口不好，吃不下山间的老草，回到家里肚子还是扁扁的，于是，父亲的责骂，后娘的白眼便接踵而至。伴随着杜鹃啼叫的看牛小弟满腹苦水无人倾诉，他的疗伤场所只能是雨雾迷蒙的山野，方式只能是"哭亲娘"。

可见，"叫落垟"的说法也是有其存在依据的。

不过，从临海方言角度来看，没有"太阳"这个说法。笔者走访了故乡山村内很多高龄的老人，他们一辈子务农，与外界的接触极少。他们的回答很一致：日头。竟无一人说"太阳"，当然也有些老人知道"太阳"这个说法，日常里却是说"日头"。故此笔者认为，"太阳"一词应该是吸取了普通话而产生的新词。在最早的临海方言中，只有"日头"这个说法。近年来，因普通话的推广，临海人对土语的感觉普遍被削弱，有一些普通话里面的词汇也自然而然地应用到了方言中。依据就是那些上了年岁且与外界接触较少的老人，并不会或不习惯用"太阳"一词。在普通话的影响下，年青一代开始管"日头"叫"太阳"。

　　这样一来，是"垟"还是"阳"就很清晰了：《杜鹃鸟》产生于几百年前，整首歌词都是由临海本地的方言俚语组成，不可能突然出现一个如此突兀的书面语。因为在那时，临海的方言中绝对不会有"太阳"这样的说法，因为那时普通话还没产生呢！况且就算其他地区的方言里有"太阳"一说，也不一定会对临海的本土方言产生那么大的影响。因此，《杜鹃鸟》作者的创作本意，应该是"叫落垟"，这样更符合本地特点。

　　再有，从看牛小弟自身来看，"叫落阳"的时间到了，往往已经回家了。在这样的家庭氛围中，他可敢"哭亲娘"？这被后娘听见了，等待他的是什么？因此，看牛小弟哭亲娘，应该是在无人的山野田间哭，绝不会回家之后，冒着被后娘发现的危险哭。这样，"叫落垟"就明显更符合看牛小弟的实际了。